魔豆

異眼房東

日常生活 04

死亡凶夢

香草——著

異眼房東の日常生活

【人物介紹】

劉天華

愛好研究風水命理的大學生。
與家裡鬧翻，當起神棍賺取生活費，時常在赤字邊緣求生存……
安然的損友兼鄰居。

安然

外表清秀，性格老實，
看起來很好欺負的模樣。
擅長家務與烹飪，
職業是會計。

林俊

容貌帥氣，衣著時髦，
性格開朗卻有少爺脾氣。
傲嬌屬性的大學生一枚。
與安然同住中。

林鋒

體格壯碩，眼神銳利，
左臂有大型刺青，武藝高強。
專門處理林家見不得光的事！？
目前與安然同住中。

白樺

深藏不露特案組組長，
聰明且身手不凡。
長相精緻，有著獨特魅力。
傳說中林鋒高手的勁敵！？

王欣宜

不知世途險惡的千金小姐，
性格單純如白紙。
因為受著萬千寵愛而變得驕恣。
與林俊有著糾葛的關係……

異眼房東の日常生活 04

目錄

楔子

安然眼前是一條長長的走廊，走廊旁邊有著一間又一間的房間。這些房間靠近走廊的牆壁，全都裝上一面大型玻璃牆，安然透過玻璃往內看，看見房裡放著一些廢棄機器，以及一整條停止運作的生產線。生產線上，甚至還有一些未完成的半成品擺放在上面。

此刻身處的地方，似乎是一間廢棄工廠。

安然在長長的走廊上奔跑著，他想不起來自己爲什麼要拚命逃走，可即使已跑得渾身無力、快要喘不過氣來，安然仍是不敢停下。心中彷彿有一個聲音告誡著他千萬不要停。一停下來，便會陷入萬劫不復的境地！

在強烈的危機感驅使下，安然從褲袋裡取出手機，並撥出一個熟悉的號碼。可惜對方似乎並未注意到電話響聲，一直未能接通。

奔跑中，安然腳一軟，疲憊不堪的他終於摔倒在地，手中的手機也隨之掉落。

就在他忍著痛楚想重新站起，身後卻突然出現幾名男子。這些人用力把他按回地面、雙手反扭在背後；此刻安然已顧不得害怕，尖叫著拚命掙扎著。

隨即他感到脖子一陣刺痛，身體的力量迅速消退。昏迷前一刻，被壓在地面的安然看到一支針筒被人隨意丟棄在身旁，之後便陷入了黑暗之中。

不知過了多久，當安然再度恢復意識時，他看見「自己」正躺在一張病床上。

安然依然身處在那間廢棄工廠裡。只是他此刻身處的房間與先前逃跑時路經的房間不同，雖然仍能看出歲月的痕跡，卻被打掃得很乾淨，不如其他房間般堆放著廢棄機器。

這間房間正中央放著兩張床，是在電視劇裡經常看見的那種附帶醫學器材的手術床。安然看到「自己」正躺在右邊的床上，左邊的手術床則躺著一個陌生的中年男子。兩人都昏迷不醒，身上皆插著一些管子；在兩張手術床附近，則放有一些安然不了解作用的醫療器材。

幾名穿著綠色手術服的人正進行術前準備，安然想叫喚他們，卻無法發出聲音，也無法接近這些人。從他此刻的視點來推測，自己應該正飄浮在房間上方，俯視著房內眾人的一舉一動。

安然就像正在觀看電影的觀眾，只能旁觀，卻不能與電影中的角色說話，亦不能改變任何情節。

到底發生了什麼事情？

爲什麼我明明在這裡，卻看到另一個自己？

這些是什麼人？他們到底想做什麼？

安然驚懼地睜大雙目，然後便看見那些看起來像是醫護人員的人，用手術刀毫不猶豫地剖開自己的身體！

雖然安然感覺不到絲毫痛楚，可是任誰親眼看著自己被人活活剖開，看著原本在身體內部的內臟逐漸展現在眼前，都絕對無法無動於衷的！

安然看著那些人從他身上摘出心臟，並把心臟移植至旁邊的中年男人身上，卻完全無法阻止。

我……我要死了嗎？

看著那些人忙碌地爲中年男子更換心臟，並縫合傷口，失去了心臟的「自己」，卻是被人剖腹開胸的淒慘狀況。除了心臟，那些人連其他器官也不放過，很快便把他掏空了，就連眼角膜也沒有遺忘。

那些人小心翼翼地把中年男子推著離開房間，隨即開始清理現場。幾名醫生脫掉口罩後，安然才初次看清楚他們的樣子。青年眨也不眨地盯著他們看，要把這些殺死他的劊子手容貌牢牢刻畫在腦海裡！

邊收拾著東西，幾人邊閒聊起來：「這次的顧主還眞狠，正所謂虎毒不食子，可他找不到可以移植的心臟，竟然把主意打到親生兒子身上。」

「兒子死了可以再生，可是命只有一條。更何況這個只是沒有感情、剛認回來的私生子呢！」

「可是也太狠了吧？移植心臟就算了，還販賣兒子的其他器官來賺錢，他又不缺錢，需要如此嗎？」

「反正人都死了，拿不拿走剩下的器官也沒差吧？」

「那男人可是個商人，有錢又怎會不賺？」

「這間工廠聽說也是那個男人的產業，他借場地給洪爺幹一些見不得人的勾當，自己又乾淨得到哪裡去？」

撤走器材後，那些人便熟練地將屍體丟進座簡易焚化爐，一把火便輕易將屍體化為灰燼……

安然看著屍體被丟進焚化爐後，迅速變化成另一個青年的面貌，隨即在烈火炙燒中，屍體的皮膚很快便浮現出恐怖的水泡，並迅速燒焦，最後被大火完全吞噬！

看到屍體轉換成似曾相識的容貌時，安然震驚地睜大雙目。

原來是你！

這是……你生前的記憶嗎？

異眼房東の日常生活

第一章・冤魂託夢

從夢中醒來，安然呆呆地看著天花板，一時不知身在何方。

又是這個夢……

最近安然經常作著同一個惡夢。夢境一開始，他都是身處在一條長長的走廊上，奔跑著想要逃離別人的追捕。可是無論他怎樣拚命逃跑，卻還是被人抓住了。最終還淒慘地死在手術檯上，不光被人剖腹開胸地拿掉了所有有價值的器官，更被用一把火毀屍滅跡。

惡夢的內容全一模一樣，每一次安然作夢時，會忘記先前夢到的內容，因此每一晚他都要重新經歷一遍同樣的驚惶與恐懼。

然而隨著夢醒，這個夢的每個場景、每個細節，卻像烙印在腦海裡般，想忘也忘不掉。只要閉上雙眼，安然便能看見自己被解剖的情景。每次夢境到了最後，死者的容貌都變成了王家恆！

是的，王家恆，那位認祖歸宗不久便英年早逝的王幸運兒，也是那個被安然私下稱為「焦炭君」、徘徊在電梯裡的鬼魂！

由於每晚作著一模一樣的惡夢，安然都快被搞得精神衰弱了。短短一星期，青年眼下便泛著青黑色，整個人也瘦削了整整一圈。

即使精神狀態不佳，但安然週末卻沒有留在家裡休息，只因他早已約了唐銘見面。

因爲上次叮鈴一事得到唐銘的幫助，安然決定請對方吃頓飯以示感謝。同行的，還有死活賴皮要跟著一起去蹭餐的劉天華。

見安然打著呵欠、一副無精打采的模樣，林俊抱起想跟著一起衝出大門的妙妙，問：「你最近看起來總是沒什麼精神，要我載你一程嗎？」

安然笑道：「不用了，今天天華陪我一起去。而且最近你自己也焦頭爛額了吧？」說罷，安然還很不厚道地笑了起來。

他之所以這麼說，是因爲林俊的前未婚妻王欣宜爲了她的追夫之路，竟然在朋友的慫恿下轉校了！

根據王欣宜的說法，慫恿她的那位學姊，正是被林鋒沒收的十八禁小肉本的主人。而且那學姊還慫恿她經常往安然家裡跑，找機會拍下林俊出軌的照片。王欣宜覺得這個提議不錯，便照辦了。

安然覺得那位學姊之所以提出這奇葩的建議，與其說是幫王欣宜追夫，倒不如說是在宣洩自家小肉本被沒收的不爽。想不到王欣宜還眞的覺得建議不錯而照辦，也不知道這位單純（蠢）的大小姐到底是怎麼長大的，竟然沒有遇上歹徒、被人騙財騙色！

聽到安然的調侃，林俊表情眞是超級精彩，比調色盤上的顏色更變幻多樣。面對安然調笑的眼神，林俊猶自嘴硬地說道：「我跟她已經沒有任何關係，小女孩兒發脾氣，難道我還會怕她嗎？」

安然聳了聳肩：「可是我不想再被人偷拍了，尤其我還是『野男人』這個不光彩的身分。」

聽到安然的話，再想到王欣宜的難纏，以及匪夷所思的思考迴路，林俊不由得露出牙痛的表情。

正好此時到了約定的時間，還未等到安然出現的劉天華主動上來找人了：「安然，再不出門就要遲到了。」

「等我一下。」安然回應了聲，回首指了指放在餐桌上的麻糬禮盒：「哎，我穿了鞋後才發現忘記拿，阿俊你幫我拿一下。」

林俊「嘖」了一聲，雖然一臉不情願，但還是一手夾著妙妙，一手把禮盒遞給他，隨之而來的還有跑車的鑰匙：「叫天華小心駕駛，別把我的老婆劃傷，不然賣了你們也不夠賠償！」

雖然林俊的態度完全就是一個囂張的富二代，不過安然卻知道林俊剛換了一台新車，對這「新玩具」可是寶貝得很。考有駕照的劉天華詢問多次，林俊都不願意外借。這次之所以願意出借，應該是擔心自己最近精神不好，不放心讓自己和人擠大眾運輸工具吧？

即使猜到林俊的好意，不過面對他那張總是不饒人的嘴巴，安然忍不住要反擊一下：「哦？你竟然膽敢稱小公主以外的人作『老婆』？妙妙，咬死這個拈花惹草的負心漢！」

妙妙也許不明白安然整句話的意思，不過「咬」這個字牠還是懂的，而且林鋒還曾教過牠威嚇別人該怎樣做，於是這隻小小的瑪爾濟斯立即咧出牙齒，朝牠那個根本不放進眼裡的主人發出威嚇的咆哮聲。不過，小狗的個頭實在太小了，這番舉動威嚇度實在嚴重不足，反倒可愛到爆！

「那我出門了。」安然笑著關上大門後，還能依稀聽見林俊那「妙妙妳太過分啦！我才是妳的主人」的抱怨聲。

先一步走到大門等待的劉天華，看到安然現身後立即抱怨：「你幹什麼去了？太慢了吧!?」

安然沒有說話，只是把車鑰匙拋給劉天華。

劉天華的抱怨倏地停止：「這是阿俊那輛新車的車鑰匙？你竟然從他手上借過來了!?」

看到劉天華凝望自己時那混雜著驚喜、崇拜，以及無法置信的神情，安然心裡雖然志得意滿，彷彿有很多小人在跳舞，但卻裝作一臉淡然地道：「廢話。」

劉天華向安然豎起大拇指：「少年！待我們一起乘風飛馳吧！」

安然嚇了一跳：「你可別胡來啊。這可是阿俊新上任的老婆，你要是劃花了人家老婆的臉，我可保不住你！」

安然本來就不喜歡坐跑車，他討厭那種狹窄的空間，也不喜歡跑車的引擎聲，更不喜歡加速或下坡時出現的離心力。

可是坐過劉天華駕駛的汽車後，安然突然發現，雖然林俊很喜歡開快車，時速總是緊緊咬著瀕臨超速的數字。但汽車在林俊的控制下，再快也開得很穩妥，不會讓安然感到不舒服。至於劉天華……他駕車根本就是想要人命好不好!?

總是毫無預警地煞車，說停就停、說加速就加速，安然覺得自己沒有吐還真是好本事。

安然下車後，整個人搖搖晃晃地像是喝醉了一樣，走不出直線，還把用來當小禮物的麻糬禮盒都忘記了。幸好劉天華沒忘，還很體貼地替他順手放進車內的環保袋。

「你連禮物都忘了拿。」劉天華一手拿著環保袋，一手把車鑰匙遞給安然。

「其實我一直很懷疑，送麻糬會不會很奇怪？」腳踏實地後，安然逐漸恢復過來。一邊決定一會兒還是擠大眾運輸回家，一邊接過劉天華遞上的車鑰匙。

說到這盒麻糬禮盒，還是安然詢問過劉天華的意見後才買的。安然總覺得送甜點給男生，無論怎樣看都怪怪的。

「安啦！唐銘最喜歡吃這些又甜又軟的東西，相信我吧。」劉天華搖了搖手裡的環保袋，一臉信心十足。

二人言談間便來到約定的餐廳。這間餐廳是安然選的，在網上評價不錯，食物精緻、價廉物美，而且環境清幽、座位舒適。

進入餐廳後，打量了下環境，劉天華滿意地點點頭：「地方不錯，可以坐下來慢慢談話。」

安然搔了搔鼻子，其實他之所以選了這麼一處清幽的場所，主要是想起唐銘那不食人間煙火的謫仙之姿，覺得帶人去一些嘈雜的地方是罪大惡極。

唐銘很守時，安然與劉天華才剛坐下不久，唐銘就來了。看到向自己招手示意的劉天華，站在門口張望著的唐銘微笑著頷首示意，隨即舉步向他們走來。

安然發現不少客人偷偷把視線投放在唐銘身上。唐銘長相俊美，加上一身氣質出眾，讓安然忽然想起「謙謙君子，溫潤如玉」這句話。

也不知道是否與林鋒他們相處久了，近期還認識白樺這個外貌、氣質完全不遜色於林家兄弟的存在，因此安然對於俊男美女已有了很大的免疫力。雖然還是很欣賞唐銘出色的外表與氣質，卻不像旁人般看得呆了。

與唐銘打了聲招呼，安然正想拿出禮盒，劉天華卻已連著環保袋遞給唐銘：「安然送你的，麻糬禮盒。」

安然看得滿臉黑線，心想這是我用來送人的東西，你代表我送給唐銘這是哪一齣啊？而且這個環保袋是阿俊的耶，上面還印著與麻糬風馬牛不相及的服裝店商標呢！

唐銘笑著向安然道謝：「謝謝。我很喜歡吃麻糬呢，讓你破費了。」

安然連忙擺手，道：「不，我經常麻煩你，是我不好意思才對。」

閒聊間，餐點很快便送上來了，三人皆沒有食不言、寢不語的習慣，邊吃邊談天，氣氛非常融洽。

聊著聊著，三人談話的內容不期然地說到不久前那起紅衣女童的案件。

「那個把孩子靈魂煉製成邪靈的術師，對他的身分你們有頭緒了嗎？」安然詢

UNI
QAO

問道。

唐銘嘆怨著搖了搖頭：「因為已經是很久以前的咒術，殘留下來的訊息不多。雖然有不少人幫忙打探消息，可惜暫時還是沒有什麼進展。」

「這樣啊……」

見氣氛變得沉重起來，劉天華安慰道：「現在你們著急也沒用，我相信天網恢恢、疏而不漏，那種人總會有報應的。」

安然撇了撇嘴：「術士做壞事的時候，不是都會有獨門祕法，把報應轉移到其他人身上，又或是將其消除掉嗎？」

「喲，明明不久前還什麼都不懂，才經過沒多久，安然你對這些事便變得那麼了解了嘛，甚至還懂得反駁我了。」劉天華笑著揶揄了安然一句後，便接著解釋：「他們這種小伎倆只能避得了一時，可躲不過一世。何況人不止有一世，還有下輩子呢。我總不相信這術士那麼厲害，能夠完全避得過天道的報應！」

唐銘也道：「就像這一次，安然你只是一個完全不懂法術的普通人，卻能夠破除那麼厲害術士的法術，這不是很不可思議嗎？世上萬物冥冥中自有主宰，也許是天道借用你的手來爲民除害呢。」

唐銘這個說法安然並不是第一次聽到，先前劉天華曾說過類似的話。如果事情眞如他們所說，安然一點兒也沒有被天道選中而受寵若驚的心思，他只覺得這是個大麻煩，而且他這名小人物實在有點扛不起……

「安然，你與其執著於上次的邪靈事件，倒不如擔心一下自己吧。怎麼我現在每次看到你，氣息都這麼奇怪？這次你又遇上什麼事情了？」

聽到劉天華的詢問，安然立即聯想起最近每晚的怪夢。今天他本就打算順道問問這兩人的意見，現在劉天華主動打開話題，安然也不客氣，把事情吧啦吧啦地說了出來。最後，安然有點不確定地詢問：「難道……我又被奇怪的東西纏上了？」

見安然眼巴巴地看著自己、等待著答案，劉天華攤了攤手：「旁邊有專業人士你不問，問我做什麼？」

「剛剛不是你說我的氣息奇怪嗎……」安然嘀咕了聲，不過還是依言把詢問的視線轉向唐銘身上。

唐銘責怪地看了看劉天華，道：「你別嚇安然了，這次應該不是什麼嚴重的事情。」

聽見唐銘的話，安然立即惡狠狠瞪了劉天華一眼。劉天華則是一副老神在在的樣子，完全不在意安然的瞪視：「我才沒有嚇他呢！我只是說他的氣息奇怪而已，又沒有說什麼。」

安然知道劉天華那不正經的個性，也不浪費心力去與他胡扯。反正有唐銘在，直接問他更快：「所以，我最近頻頻作的惡夢其實不是什麼嚴重的事，我不理會它也沒關係？」

唐銘想了想，道：「根據你的描述，夢境內容應該是一個你曾接觸過的靈體，他死前所經歷的事情？」

安然頷首：「是的，雖然這個惡夢的代入感很重，在夢境一開始時，我總是誤以為這是發生在自己身上的事情。但每當夢境將要結束之際，屍體便會從我的樣子變成那個人的容貌。另外，從夢境中那些人的對話，聽到諸如他被富豪父親接走之類的內容，也與那個人生前的遭遇一樣。還有，我第一次看見對方鬼魂時，就是呈現被人剖腹開胸的狀態，然後便燃燒成燒焦狀，這也與夢中所見相符。所以我認為夢境的內容，應該是在現實中曾發生過的事情。」

唐銘續道：「既然如此，按照你在夢裡的經歷，那個人並非死於意外，而是被人蓄意謀殺才對。這事情最終有水落石出、凶手有被繩之以法嗎？」

「應該沒有吧……」安然搖首：「我有一個同事對死者的事很有興趣，特意打探過，發現那個人是以意外身亡結案的。」

唐銘解釋：「雖然你身上殘留著一股陰氣，可是我並沒有從其中感受到惡意，我想對方不是想要對你不利。這個夢境之所以存在，是因爲對方希望借助你的力量沉冤得雪，才會託夢給你。至於爲什麼讓你作夢時，感覺彷彿是發生在自己的身上一樣，我猜他也不是故意要恫嚇你，只是想讓你能夠感同身受吧？」

「……」安然心想：你說得輕鬆，即使焦炭君不是故意要嚇我，可是我還是快被他嚇得神經衰弱了！

劉天華則笑道：「安然，你看到這些東西的時間不長，想不到這麼快就有靈體主動找你幫忙了。幹得不錯嘛！你不如乾脆點入了這一行吧，一定大有前途！」

安然一秒拒絕：「不用了。我對現在的工作很滿意，謝謝。」

劉天華一臉惋惜地搖了搖頭，他非常羨慕安然擁有「見鬼」能力，對於對方不好好珍惜這天賦，感到格外可惜。「那你打算怎麼辦？會幫忙嗎？」

「這個……我是很同情他的遭遇，也很希望能夠幫助他，但這件事已超出我所能應付的範圍。那些人心狠手辣，什麼都幹得出來，而且似乎還是一個販賣器官的組織。」

「所以結論是，你不會幫忙？」

「不會。」安然的態度很堅定，他再有同情心，凡事也要量力而爲。

這絕不是他一個人可以應付得來的事情。要是幫了別人，卻賠上自己的性命，到時候又有誰可憐他呢？

「這個忙，只怕安然你還眞的要幫。」此時唐銘卻道：「雖然也不是說一定硬要你幫忙，不過你曾受過對方恩惠，而且還是救命的大恩。即使你現在不予理會，在將來的某一天，這恩情還是要還的。」

安然震驚地睜大雙目：「救命之恩!?」

驚呼了聲後，安然很快便想起當時在廢校裡，他的確被焦炭君救了一命！

唐銘突然走到安然身旁，伸手往他背後一抹，隨即便把食指遞給他看。

安然一看到唐銘的手指，立即神色一變。身旁的劉天華好奇探頭看過去，也驚訝地「噫」了聲：「唐銘的指頭怎麼黑了？安然，你的衣服弄髒了嗎？你轉身，我幫你看看。」

安然沒有答話，臉色卻變得很難看。因爲他想起當時與紅衣女童對峙、惡靈勒住自己脖子時，一股炙熱感迅速從背部蔓延至脖子上，並且護住了他的氣管，讓他有喘息的機會。

事情結束後，安然還看見了焦炭君的身影。

隨即安然更想起背部的這個位置，正是……

「天啊！怎麼背部弄得這麼髒……而且還是一個黑色的掌印!?」聽到劉天華的大呼小叫，安然嘆了口氣。

這個位置，正是安然初次看到焦炭君時，對方在他背後拍下掌印的地方。

安然想到那個每夜不間斷的惡夢，確實是在解決了邪靈事件後才開始出現的。

該不會是焦炭君覺得對自己有了救命之恩，所以便開始用這種方式來要求自己

幫忙吧？

這是挾恩圖報啊！挾恩圖報！

施恩不望報這是多好的情操啊！焦炭君，你實在應該好好學一下！

「如果我什麼也不做，會發生什麼事情？」沉默了好一會，安然詢問。

唐銘有點同情地看了安然一眼，道：「倒不會發生什麼大事，你的生活該怎麼樣，還是怎麼樣。只是總有一天，你還是會碰上這件事情的。但這些不會是對你有最大影響的，最困擾你的，應該是不間斷的惡夢吧？」

聽到唐銘這麼說，安然急了：「這些惡夢是由靈體引起的，難道不能找個師父來解決掉嗎？」

唐銘安撫地拍了拍安然的肩膀，道：「可問題是對方挾住救命之恩，佔了大義的名分。他找你幫忙，稱得上是合情合理。如此一來，外人便很難插手了。即使強行介入，對你們雙方也不是一件好事。」

安然痛苦地揉著額角：「所以先前驅使邪靈的術士還沒有眉目，現在我卻要爲了偵破一個販賣器官的集團而努力嗎？另外，還要找到富豪殺害親生兒子、把他心臟移植到自己身上的證據……我現在先去死一死，快點去投胎，要記得下輩子不要做會計了，要去做ＦＢＩ，至少被鬼魂找上時比較有用處……」

「安然，你先不用急著去死一次然後投胎那麼麻煩，你不是認識那個叫白樺的警官嗎？犯罪組織什麼的應該是他的專長吧？不如去找他談談？」劉天華建議。

至於唐銘，對於查案並沒有什麼好想法，因此便只是安靜地喝著熱茶，旁聽二人討論。

「可是……那是一個大陸的犯罪集團，白警官有辦法處理嗎？」雖然安然不太關心政治，也不清楚基本法的內容，但在一國兩制的大前提下，香港這邊的警察應該是管不了大陸那邊的罪犯吧？

「即使白樺實際幫不上忙，但他應該能給你一些意見。你試著和他談談吧！」劉天華嘴巴雖然這樣說，可是他比安然更加清楚，一個能夠把林鋒逼得要出動林家力量來對付的人，絕對是個了不起的狠角色。

雖然劉天華只在上一次事件中與白樺有過一面之緣，但因爲與林俊熟識，對白樺的事情也常有聽聞。他不會同安然一般，以爲白樺只是個普通警察。

能夠與林鋒周旋那麼久的人才，他不認為警方高層會有眼無珠地把人調去當個普通警察。何況以白樺那種隨心所欲的行事風格，這個人的背景必定不簡單啊！

其實劉天華本來想推薦林鋒的，只要林鋒出手，什麼黑市組織在他面前都只是渣渣而已。但劉天華想起林家兄弟似乎一直在安然面前裝普通人，因此最終還是沒有說出這個提議。

安然並不知道劉天華對白樺的評價那麼高，只覺得劉天華說得有理，便決定找一天詢問白樺看看。這種關於罪犯的事情，現在安然能夠拜託的人，也只有他了。

想到這裡，安然幽幽地嘆了口氣。

也許是安然的模樣實在太可憐了，讓唐銘心生不忍，便聽他說道：「上次那個護身符是因為對抗邪惡術士才破損的，我會負責為你尋找一個新的護身符，有好消息的話，我會立即通知你。」

這算是安然今天聽到最好的消息了：「謝謝，實在讓你費心了。」

唐銘笑道：「不，應該的。反而是我要謝謝安然你這頓飯，還送了禮物給我，真是太客氣了。」

劉天華笑嘻嘻地道：「我說你們二人都太客氣啦！要像我這樣大方一點，想蹭飯時便蹭飯……」

安然瞪了他一眼：「你這個樣子，是太不客氣了啦！」

異眼房東の日常生活

第二章・失蹤的小肉本

到最後安然還是乘坐劉天華駕駛的汽車回家，這一次在安然的事先警告下，劉天華開得穩多了，至少在加減速度時會有個緩衝時間。安然下車時，總算沒有反胃的感覺。

劉天華在與安然告別、關上家門前，還不忘朝正在上樓的人嚷道：「我這次的表現不錯吧？記得多向阿俊提一下，下次再借我用。」

「到時再說吧。」向劉天華揮了揮手後，安然看見擺放在鞋架上的女鞋時，腳步不禁一頓。

看到這雙鞋子，再想到鞋子主人那硬是曲解自己身分的固執模樣，安然都不想回家了。猶豫著是否該折返到劉天華家裡躲避一下……

可惜在安然還糾結著該不該離開時，門後卻已傳來妙妙的吠叫聲。只要有家人外出，這孩子總是對門外的聲響特別注意，再小聲也不會放過。

隨著妙妙歡快的吠叫聲，大門立即被打開了，爲安然開門的林俊以前所未有的殷勤態度迎接他：「回來了？怎麼站在外面不進來呢？」

安然嘆了口氣，心裡吐槽了林俊一句「明知故問」。心知已跑不掉，安然只得認命地舉步進入家門，彎腰抱起拚命往自己小腿撲跳的妙妙，並小聲向牠抱怨道：「小公主，妳就不能安靜點嗎？我的行蹤都被妳洩露了！」

然而妙妙顯然聽不懂安然在說什麼，青年無奈的抱怨所換來的，卻是小狗熱情的親親。

哭笑不得地抹了抹臉頰上的口水，安然轉而詢問林俊：「她又來了？」

林俊苦著臉，點了點頭。

安然皺起眉頭：「你就不能想點辦法嗎？我快要連家也不敢回了！」

林俊張了張嘴巴，正要說什麼，卻因爲身後突如其來的拉扯，而把將要出口的話語呑回，改爲發出淒厲的慘叫聲：「我的衣領！欣宜，我已經說過很多次，妳別再拉我的衣服了！昨天我很辛苦才把它熨得筆直的！」

王欣宜放開拉扯衣領的手，衝上前阻擋在林俊與安然之間，一副防賊的表情盯著安然看，嘴巴卻朝林俊罵道：「安然回來，你那麼急著迎上去幹什麼!?還有，如果不拉衣領，我下次改拉頭髮好不好？你這頭草我早就看不順眼了，上次染成紫色我已經想說你了，一個大男人，這次染成橘紅色到底想怎樣!?」

林俊不滿說道：「橘紅色怎樣了？為什麼男人不能把頭髮染成橘紅色？妳這是什麼邏輯!?」

安然聽著這對表兄妹的吵鬧，忍不住打量了林俊一眼。這才注意到他不過才離開一個中午，林俊已經又把頭髮換了顏色。其實林俊這次的新髮色，只有在光線下才會展現出橘紅色，並沒有王欣宜說得那樣風騷高調。

何況林俊本就長得俊俏，不光有一副模特兒的衣架子身材，對潮流也很敏銳，帥氣的裝束配上橘紅的髮色，其實一點兒也不顯娘氣，只讓人覺得新潮又好看。

何況現在年輕人染髮的花樣那麼多，馬賽克髮型什麼的，要有多奇特就有多奇特，林俊的金頭啊綠頭啊紫頭啊與那些非主流的髮型一相比，便顯得弱爆了。

王欣宜冷哼了聲：「你別想轉移話題，你說！安然回來就回來了，你那麼高興地跑出去迎接是做什麼？還騙我說你和他沒有私情!?」

林俊立即喊冤：「又不是只有我一人跑過去，妳不見妙妙也迎上去歡迎他嗎？難道妙妙也與安然有私情？」說到這裡，林俊忍不住回頭狠狠瞪安然一眼：「安小然我警告你，別勾引我家小公主！」

安然聽得嘴角猛抽，這到底是什麼跟什麼啊!?

自從王欣宜轉校到大埔就讀後，還直接在安然居住的屋苑裡購買了一間房子，聲稱要近水樓台先得月。

而王家對這位大小姐的溺愛程度也不是開玩笑的，竟然允許了王欣宜的全部要求。根據林俊的說法，王欣宜的父母覺得女兒決定的事情，是九頭牛也拉不回的，與其讓她三不五時偷偷往林俊家裡跑，倒不如順了她的心意，讓她住在林俊附近還比較安全。他們還特意找了林家兄弟談，要他們幫忙照顧表妹，對待女兒簡直到了有求必應的程度！

如果不是力氣不夠，安然聽到林俊的說詞後幾乎想掀桌了。看看王大小姐出入大埔都坐名車，跟在身邊的傭人與保鑣也不少。既然如此，你們這些有錢人不是流行到國外留學嗎？要不然也應該讀些國際名校吧？到底來我們大埔區佔平民學位幹嘛!?

而且最近王欣宜好像還喜歡上安然煮的食物，每天準時在晚餐時間前出現。本來不過是加雙筷子，不是什麼大不了的事情，可是這位大小姐特煩，老是把他視為情敵防這防那的，安然都快被她搞得神經衰弱。

最煩的是，她還對那本原本屬於她學姊、後來被林鋒沒收了的十八禁小肉本有著莫名的執著。

「我說，鋒表哥什麼時候回來？我還要向他拿回學姊的書。」王欣宜抿著嘴，很不高興地說道。

看！又來了……

林俊揉了揉發疼的太陽穴：「妳就別再執著那本書了吧？妳也知道二哥是不會還給妳的，而且那也不是什麼好東西。」

可王欣宜卻自有她堅持的理由。「無論如何，那本書是我向學姊借的，自然應該要完好無缺地歸還回去。即使那是不好的東西，大不了我以後不看就是了，你們犯不著把它扣起來。」

其實安然也覺得林家兄弟實在有些小題大作，他們把王欣宜保護得太過頭了。雖說她還未成年，看十八禁小肉本的確不好。但老實說，現在網路發達，有什麼資訊是孩子們接觸不到的呢？

現在的孩子每個都精得像鬼，偏偏王欣宜卻被養得看起來驕傲任性，實際上卻單純得像張白紙。

「鋒哥不是說過，如果妳學姊親自前來取，便把書還給她嗎？欣宜，妳還是讓妳學姊過來向鋒哥拿書吧。」安然建議道。其實私心上，他也想看一下那個奇葩的學姊，看看傳說中的腐女長什麼樣子。

王欣宜立即反駁：「那怎麼行!?禍是我闖出來的，又怎能連累學姊被罵!?」

安然挫敗地發現他與王欣宜實在完全無法溝通。

他們的年紀只相差四歲而已！難道就已經有代溝了嗎!?

雖然小肉本被沒收的原因，的確是妳沒經大腦便把它拿出來的關係。可是妳學姊將這種東西交給未成年的孩子看，身爲父母……好吧，身爲表哥，他們還是會很憂心呀！會覺得自家小孩被人教壞了呀！妳眞的覺得這事情完全與妳學姊無關嗎？

安然眞的很想告訴王欣宜，以她那種完全搞不清楚重點的狀況，再過一百年也不可能從林鋒手上取回小肉本的，林鋒這個人可有原則了。

林俊這段時間也被王欣宜煩得受不了，猶豫了一會兒，提議道：「我知道鋒哥把書放在哪裡，我把書還給妳；作為交換，妳以後別再糾纏我了。我們做回普通的表兄妹，好不好？」

「……那好吧。不過我要在今天拿回書。」王欣宜聞言愣了愣，不過在林俊與小肉本之間搖擺不定不到三秒，很快便選擇了小肉本。

林俊的笑容僵在臉上。雖然他很高興終於擺脫了這段兒戲般的口頭婚約，可是對方的選擇也太乾脆了吧？而且還是敗在小肉本手上，林俊覺得有點受傷了……

「那……我去拿書。」林俊心情複雜地道。

「等等！」王欣宜突然喚住正要離開的林俊。

「怎麼？」林俊承認他聽到王欣宜阻止他時，心中有點竊喜。

表妹果然捨不得我吧？也對，錯過了便很難再遇到像我這麼出色的對象了。

要是欣宜眞的繼續對我死死相纏，那該怎麼辦呢？

做人太出色眞的好為難喔！

只聽王欣宜續道：「我晚點寫封休書，說明是我甩你的，你記得在上面簽名。」

林俊聞言差點吐血。

看著林俊一臉不爽地出門，王欣宜懊惱地喃喃自語道：「俊表哥下樓去了，那本書似乎是被鋒表哥放在車上呢。我眞蠢，怎麼就沒想過去搜那台車呢……」

放在車上？

不知道爲什麼，安然心裡生起一股不祥的預感。可是當他努力回想時，卻又抓不住這種感覺的起因。

此時林俊回來了，然而他的雙手除了鑰匙外，沒有其他東西。林俊身上只穿著一件薄薄的衣服與休閒褲，都不是能夠藏著東西的裝束。

王欣宜立即詢問：「書呢？」

林俊道：「眞奇怪，書不見了，不知道是不是被二哥藏到其他地方去了。」

書不見了……

安然腦海中，突然閃過數段畫面。

林鋒沒收了王欣宜的十八禁小肉本。

他們遇上白樺，言談間白樺注意到林鋒拿在手中的小肉本。

爲了維護林鋒的形象，林俊在「哈哈哈」地應付著白樺的同時，一把抓起林鋒手裡的小肉本，並迅速塞入座位旁的袋子裡……

那個環保袋!!

安然頓覺晴天霹靂，連想死的心情都有了。

「你們不用找了，我想……我知道那本書在哪裡了。」安然有氣無力地說道。

青年的話立即引起兩人的興趣，王欣宜立即喜孜孜地追問：「在哪裡?」

安然掩面：「今天我去探望朋友時，天華把送人的禮盒順手放進裝著書的環保袋裡，然後一併交給唐銘了。」

只要一想到唐銘取出禮盒時，發現放在環保袋裡的十八禁BL小肉本，安然便好想死。

啊啊啊~以後該如何面對唐銘啊!?唐銘會不會以爲自己是變態?

更糟糕的是，唐銘會不會誤以爲自己是故意把小肉本放進去的?這算什麼?另類的暗示嗎!?

林俊聞言也目瞪口呆了好一會兒，隨即不由自主地幻想著那個有著謫仙之姿、充滿靈氣的青年看見小肉本時的表情，嘴角忍不住抽搐起來。

果然人不可貌相。安然竟在不自覺中，做出了驚天地、泣鬼神的壯舉啊……

從不認爲小肉本見不得人的王欣宜，倒是不覺得安然不小心把小肉本送人會有多尷尬，一個勁兒地理直氣壯要求：「知道東西在那裡就好了，安小然，你現在快點打電話給你朋友，替我把書拿回來吧！」

王欣宜的話才剛說完，安然的手機便響起了。

難、難道是唐銘發現了小肉本然後打來的電話？

怎麼辦!? 我還沒想到該怎樣向對方解釋耶！

看見手機螢幕上顯示的是「劉天華」三個字，安然著實鬆了一口氣，隨即按下接聽鍵，心裡慶幸著還好打電話來的不是唐銘，現在他還沒準備好面對對方。

「喂，天華，怎麼了？」兩人才分開不久，安然很好奇對方怎麼馬上就打電話找他？

「該是我問你怎麼了呢！剛剛唐銘打電話給我，說你有東西不小心放在給他的環保袋裡，我過幾天會見他，到時候順道幫你拿回來吧。」

安然聞言，整個人僵住了。

劉天華可看不見電話另一頭安然那堪稱精彩的神情，逕自續道：「不過他說話時的語氣很奇怪。安然，你到底留了什麼東西在他那裡？」

「……沒什麼。」安然已經完全不知道該說什麼才好。難道告訴劉天華，他不小心把BL十八禁小肉本一併交給唐銘了嗎？

還是傳說中的總裁系列耶！有夠風騷的……

「你不說就算了，反正到時候我也會知道。」劉天華說罷便要掛斷電話。

「等等！劉天華！我警告你別偷看！」安然慌了。

安然愈是強調對方不許看，愈是引起劉天華的好奇心。「嘿嘿~你說不看就不看嗎？我才沒那麼笨。看你那麼緊張，一定是令人意外的東西，讓我很期待呢！不說了，總之東西到手後我再拿給你吧。」

說罷，不待安然再說什麼，劉天華便掛上電話了。

看著安然萬念俱灰的神情，林俊默默投以同情的眼神，就連一向不懂看人臉色的王欣宜也不敢說話。

良久，安然爆發了：「這個月你們在外面吃！別指望我會煮飯給你們吃！」說罷，怒氣沖沖地拂袖而去。

安然很生氣，後果很嚴重！正所謂天大地大，吃飯最大！用力關上房門的安然，清楚聽見門外傳來林俊與王欣宜的慘叫聲，這才覺得心裡堵著的那股悶氣消散了不少。

只是一想到唐銘對他的誤會，安然便覺得煩心。這種烏龍事要是多弄兩齣，他眞的沒臉見人了！

其實現在他已經沒臉見人……

隨即安然又想起每晚作的惡夢，以及他要爲焦炭君調查死亡眞相的事，頓時覺得本來已經抽痛的頭變得更痛了。

同事小敏先前打探到有關焦炭君的資料，就只有對方的名字是王家恆，以及他的父親叫王得全，其他私人資料一概不知。那位七樓的接待員與小敏再熟，也不會到處亂說之前同事的個人資料。

以那個夢來推估，甚至王得全也許還會用些手段，刪除有關王家恆的資料。畢竟王得全認回這個私生子就是想要拿取他的心臟，爲了避免節外生枝，事情應該是愈隱蔽、愈少人知道愈好。

最終安然還是決定照劉天華的建議，尋求白樺的協助。

□

一眾特案組組員，最近正過著水深火熱的日子。

他們突然發現，有案件要處理的時候，沒日沒夜地工作爲身體帶來壓力，胃藥的消耗量直線上升。

然而手上沒有案件時，任性的上司總會不知道從哪兒找了些無法列上檔案的奇怪案件丟給他們。在處理那些千奇百怪的案件時，胃藥的消耗速度不見放緩，甚至還有加劇的趨勢！

他們得出的結論是——控制白樺隨性而起的任性，這個問題刻不容緩！

因此當白樺手機響起，而顧東明等人看見螢幕上顯示著「安然」二字時，幾乎是哭叫著要撲上去，阻止白樺再接這個惹禍精的電話了！

看著被顧東明按住的手機，白樺嘴角勾起了一個優雅的微笑，然而雙眼透露出來的情緒，卻冷得讓人心裡發怵：「放手。」

顧東明死命搖頭，在白樺冰冷的注視下，鼓起勇氣道：「頭兒，現在是開會時間。」

「所以？」

「所以……現在接私人電話，似乎不太適合……」

白樺微微一笑。這笑容多溫柔多爾雅，然而下一秒，青年反手握住顧東明阻止他接電話的手，直直將人甩了開去！

看著白樺單手便把一個大男人甩飛出去，會議室陷入一片詭異的安靜中。

「各位，不好意思，我想離開接一通私人電話，我想大家應該不會反對吧？」

白樺依然笑得溫和，完全看不出剛剛才暴力甩人出去的狠勁。

所有在會議室的人，聞言全都整齊劃一地慌忙搖頭。

白樺顯然對眾人的反應很滿意，微笑著道了聲「失陪」，便離開了會議室。

此時被白樺一手甩飛開去的顧東明，終於摀住摔痛的屁股爬回坐位上：「太過分了！大家先前不是早說好了，要一起阻止頭兒再調查一些根本無法立案的案件嗎？」

顧東明的抗議，卻換來其他人鄙視的眼神：「誰那麼傻，看到你被頭兒甩飛出去還敢說話啊!?那不是找摔嗎？我們才沒那麼笨呢！」

聽到對方的話，深感被同伴背叛的顧東明也不再摀著摔痛的屁股了，改爲按住受傷的心：「好過分……原來你們是讓我去當出頭鳥啊……」

眾人：「誰教你是頭兒的副手呢？」

姑且不論現在顧東明這隻出頭鳥有多懊惱，白樺離開會議室後正想接聽手中的電話，卻發現因爲電話響太久了，手機另一端的安然已經掛線。

白樺也沒有在意，馬上回撥過去：「安然，你找我？」

也許沒想到才剛收線，電話就回撥過來，安然的語氣有些意外：「是的，白警官，你在忙嗎？」

白樺笑道：「不忙，有什麼事嗎？」

坐在會議室大門附近的下屬聽到白樺這句話時，默默把房門關上，他怕再聽下去會氣得腦溢血。

沒看見大家都在會議室等你進來開會嗎？還說自己不忙，也太欺負人了吧？

白樺並不知道自己隨意的一句話，再度為下屬們脆弱的玻璃心補上一刀。現在他有著難得的好心情，因為電話另一端這個名叫安然的青年，他的人生一點兒也不安然，每次與他接觸，總會發現一些有趣的奇怪事件。

現在對方主動打電話過來，不知道又有什麼有趣的事情。

「我有些事想與你商量，也許其中涉及一個販賣器官的集團。但你也知道，我的消息來源其實來自於……」說到這裡，安然停頓了下來，似乎不知該怎樣形容。

倒是白樺很善解人意地為他把話接下去：「是從鬼魂處知悉？」

「……對。」安然心情突然很複雜。現在白樺聽到他語焉不詳地談及案件時，已很自然地會往鬼魂那方面猜測了。

不知為何，安然突然覺得這樣子的自己好可憐……

到底什麼時候才能與鬼魂，以及命案這些討厭的東西說再見啊？

電話另一端，白樺並不知道安然此刻的心情有多複雜，聽到販賣器官集團一事，他的雙目已然銳利起來。白樺臉上褪下了素來溫和的神情，變得充滿氣勢，有種與平常不同的特別魅力。

「沒關係，即使你的口供不能列進檔案中，可案件只要曾眞實發生過，總能找到蛛絲馬跡。破案是我們警方的責任，你不用有什麼心理負擔，只要把你知道的事情告訴我就可以了。」

「嗯，事情是從某一天、我上班時在電梯裡看見一個奇怪的人影開始……」安然把他第一次看見焦炭君的鬼魂，後來探知他的身世，接著與紅衣女童對峙時對方的幫助，最後說及自己最近所作的惡夢。

事情一件件說著花了不少時間，再加上白樺還仔細詢問了不少細節。青年的提問很有技巧，安然發現在他的詢問下，有不少本以爲已經忘了的地方，竟然不知不覺又回想了起來。

經過漫長的敘述，再加上之後兩人的一問一答，當白樺分析完畢所有事情時，安然才發現他們竟談了一個小時！

最終，白樺道：「我明白了，這件事我會開始著手處理。因爲沒有報案人，因此我也不能大張旗鼓地去調查，也許速度不會很快。有消息的話，我會盡快通知你的。」

安然點點頭，隨即想到對方看不見他的動作，立即應了一聲，並道：「如果白警官查出案發地點的那間工廠的地址，前往調查時請務必讓我隨行。我也許幫不上什麼忙，但這件事……我想要親自走一趟。」

說到後面，安然都有點不好意思了。他從小到大沒打過架，更不要說與那些危險的組織周旋，跟著白樺去調查只會添亂。可是他有著夢中的記憶，他總覺得焦炭君讓他作這個惡夢不止是爲了嚇他。他有預感，這事情將需要他親自參與。

白樺並不覺得安然表示要跟著調查有什麼不妥，反而安慰道：「誰能說得準到時候是誰拖累誰呢？你能夠看見一些我們看不到的東西，說不定沒有你的同行，我反而成不了事。別忘記上次紅衣女童的事件，如果沒有你插手，即使警方再怎樣調查，也不可能找出眞相。」

聽過白樺的安慰，安然也振作起來。畢竟像白樺所說，也許他這個看得見奇奇怪怪東西的人，在調查時能夠發揮意想不到的功用呢！

不過如此一來，他就得跑大陸一趟。明天上班要先和上司說一聲，也不知道要請多少天假……

接著再想到晚上睡覺時從不間斷的惡夢，安然便覺得頭又再度痛了起來。

異眼房東の日常生活

第三章・前往廣州

安然決定幫忙伸冤後，也不知道焦炭君是不是感應到他的想法，自從安然打電話與白樺詳談那天開始，晚上睡覺時便沒有再作那個可怕的惡夢了。

*難道焦炭君有特別的心靈感應嗎？還是他其實一直跟在我身旁？*安然忍不住猜測。

第二天，當安然上班時路過映照著電梯內部的監視螢幕時，不禁再次看了過去，透過螢幕觀察焦炭君的日常生態。

裝什麼裝！看起來像個地縛靈，但根本就是個到處跑的鬼。

不止能從惡靈手下救人，還可以託夢嚇人，想想對方還挺忙的。

自從與白樺聯絡後，安然暫時不再關注此事，靜待對方回覆。本以爲白樺再厲害，調查這件事至少也需要一段時間，然而只過了數天，安然便接到了對方的電話，說事情已有眉目，並詢問安然什麼時候有空和他一起到大陸走一趟。

安然立即表明什麼時候啓程都行；回覆時，不禁慶幸自己有先見之明，早早向上司申報要請假，並且把手上緊急的工作都完成了，獲得了隨時可以請假的批准。

同時，安然毫不吝惜對白樺辦事效率的讚歎。雖說調查案情是他的專長，但案件畢竟發生在大陸，白樺的速度實在超乎安然的預期。

對於安然的讚賞，白樺謙虛說道：「我暫時只是查出初步的資料，全仗你提供給我的資訊，才讓調查變得簡單起來。」

安然所不知道的是，當白樺與他通電話的同時，在旁邊聽到對話內容的一眾下屬，全都恨得牙癢癢。

這明明就是他們加班調查的成果，怎麼完全不提他們努力的付出啊？

而且調查一點兒也不簡單，快看看他們的眼睛，全都是熬夜熬出來的血絲啊！

無奈說這番話的人是白樺，地位不如人，一眾下屬只得對著他們頭兒乾眨眼，卻不敢出言打斷對方，只希望偉大的上司能夠記起他們的辛勞。

可惜直至白樺收線，還是沒有提及他們半句，倒是在掛上電話後很鄭重地向他們說：「下次有什麼話可以直說，別再對我拋媚眼了，色誘這一招對我來說是沒用的。」

眾人聞言皆噎住了。

他們突然覺得白樺這個人，上班時老是遲到早退、不時還會突然出差，其實也不是什麼壞事。不然對著他的時間太長，作爲下屬眞的有可能會被他活生生氣死！

他們寧可爲白樺多分擔一些工作，也不想因爲這麼蠢的原因而英年早逝啊！

上司什麼的，還是在需要他做大決策時再出現吧！

□

在下屬們欣慰著白樺要暫時離開香港一段時間，好讓他們受盡折磨的玻璃心得以休息一下的同時，安然也在爲這段時間能夠離開自家而慶幸著。

自從一個名叫王欣宜的大小姐闖入安然的生活後，他便發現平靜的生活一去不復返。

雖然他的生活，本就平靜不到哪裡去……

王欣宜爲了取回小肉本，原本已經明確表示願意放棄她的俊表哥了，理論上林俊應該會感到高興，並且爽快答應對方的任何要求才對。

偏偏二人在我甩你還是你甩我這個問題上，一直達不成共識。

王欣宜表示：小肉本她還沒到手，而且需要林俊在休書上簽名。

林俊表示：告訴別人是妳甩我可以，但我不要簽休書！

於是，原本可以和平解決的事情，便因爲這兩位被寵壞的大小姐與大少爺那幼稚的自尊心，而進入白熱化階段。

安然覺得這二人明顯只有兄妹之情，卻爲了面子，一直拖著這種詭異的未婚夫妻關係，何苦呢？

這幾天王欣宜照常前來安然家，除了催促著要取回她的小肉本，便是來向林俊施壓的。只要這二人的視線一對上，便立即「劈里啪啦」地出現一串火花。

安然自認道行不及林鋒，無法像對方一樣完全無視二人之間的戰火，每次看到他們前一秒還好好的，下一秒卻用眼神去凌遲對方時，安然都有種明明看的是青春偶像愛情劇，可是演到一半時卻轉變成懸疑情仇殺人劇的感覺。

這讓安然非常憂心，要是房子發生過殺人命案，房價會大跌的！

最可怕的是，兩人吵起來的時候，不到兩句，戰火便會燒至他這個小三身上。

安然都想向王欣宜下跪了。

「野男人」這個梗已經聽厭了，可不可以換別的!?

就像今天安然正吃著飯後水果，便聽到廚房傳來碗碟打碎的聲響。

原本這也沒什麼，畢竟林俊一開始洗碗時，這種聲響簡直就是每天必聽的背景音樂，因此安然與林鋒已經很淡定了。

經過數個月的培訓，林俊由「碗碟殺手」升級爲「洗碗小能手」，被他殘害的碗碟數量也大幅減少，總算達到安然可以放心把洗碗這個重任交給他的程度。偶爾打破一只碗碟也沒什麼，誰都會有失手的時候。

然而對王欣宜來說，這可是第一次目擊林俊打破碗碟的狀況，立即大爲緊張地上前察看：「俊表哥你沒事吧？有沒有受傷？」

不得不說，雖然兩人近期爲了面子發生諸多不愉快，但十多年培養出來的兄妹之情可不是蓋的，一旦出事，王欣宜立即擔心起林俊的安危。

看到王欣宜擔憂的神情，林俊的心不由得軟了起來。他突然覺得自己這段時間與表妹這麼計較，也實在太孩子氣了，人家是女孩子，讓她一下又怎麼樣呢？

「欣宜妳別進來，小心地上碎片。」林俊示意王欣宜站在廚房外不要動，迅速清理案發現場。

看著林俊熟練的動作，王欣宜揶揄：「俊表哥你的動作也太熟練了吧？該不會是經常打破碗碟，所以熟能生巧？」

林俊突然覺得自己的膝蓋中了一箭，他素來最好面子，聞言立即不爽了。「總比妳每天過來蹭餐，吃飽後什麼也不做得好！欣宜，不是我說妳，女孩子要學一下家事，妳看看安然就做得很好，檢討一下吧！」

王欣宜這個大小姐，就像隻被人養得驕縱了的波斯貓，稍有不如意便立即炸毛。「你終於說出眞心話了！在你心目中，我就是比不過安小三吧！」

說罷，怒不可遏的王欣宜拉高衣袖，大有要戰就戰的豪氣感。

旁聽著小倆口吵架的安然忍不住扶額，心想這到底是什麼跟什麼？你們吵架別總扯上我啊？

而且安小然也就罷了，安小三這到底是什麼綽號!?

心好累！

聽到二人聲量開始大了起來，妙妙忽然很激動地搖著尾巴，「汪汪汪」地繞著

二人奔跑……

小公主！他們不是在玩啊！妳在添什麼亂!?

一旁的林鋒卻巍然不動地任由他們喧鬧，自顧自吃著水果。把果盤上切好的梨子都吃進肚子裡後，林鋒便問安然：「吃不吃蘋果？」

安然被林鋒淡定的模樣弄得愣了愣，聞言不由自主地頷首。林鋒握著水果刀的手一陣刀光劍影，蘋果瞬間便被去皮切片，整整齊齊地攤放在水果盤上。

將林鋒動作盡收眼底的安然，雙目睜得大大的，一臉「我剛剛看到什麼了!?」的神情。

林鋒見狀，不禁發出一陣低沉的輕笑聲。他不是第一次在安然面前露出這一手了，然而無論多少次，安然的神情依舊這麼有趣。

安然吃著蘋果，突然有種與林鋒正在剝花生殼看戲的感覺。

林俊與王欣宜都是那種脾氣來得快、去得也快的個性，蘋果還沒吃光，又變成林俊繼續洗碗，王欣宜則與妙妙拉扯著一個洋娃娃，一人一狗玩得不亦樂乎的和諧模樣。

安然嘆息道：「我並沒有插手你家家事的意思，不過把林俊與王欣宜二人配在一起，實在不是個好主意。他們的個性太相近了，很容易就會吵起來，誰也不願意退讓。而且彼此之間只有兄妹之情，要是兩人真的勉強結合，也許因著多年的情誼，一開始沒有什麼，可是再深厚的感情也終有磨滅的一天，我並不看好他們的婚姻。」

因為林俊與王欣宜的婚事是由兩家長輩定下的，因此安然這番話有著質疑林鋒長輩的意思。說出口時，安然已有著會惹林鋒不快的心理準備。可是這番話他實在不吐不快，何況林俊是他的兄弟，對於王欣宜這個嬌生慣養，卻有著真性情的大小姐，安然也很有好感，實在無法眼睜睜看著二人結成怨偶，忍不住便向林鋒道出了對於這事的看法。

然而林鋒並沒有責怪安然多事，反而深感認同地點頭，並解釋道：「當年舅媽懷孕時不小心摔了一跤，欣宜是個早產兒，舅媽也因為傷了根本，不適合再懷孕，因此王家只有欣宜一個獨生女。如果欣宜出生在一個普通的家庭，也許沒什麼，可是安然你應該看得出來吧？王家非常富有，一個女孩兒要守住家業、支撐起這麼一個家族實在太困難了。因此在欣宜出生時，王家便生出與林家聯姻的念頭。」

安然恍然大悟：「是爲了保護欣宜？」

林鋒點頭：「林王兩家不單是姻親，還是世交，交情由祖父輩開始便建立起來。而且我家連同我已有三個兒子，以兩家交情，讓其中一名兒子繼承王家也無不可。我們三兄弟中，阿俊的年紀與欣宜最相近，因此婚約便順理成章地安在他頭上。當時大家的想法是兩個年輕人能夠看對眼的話，兩家也樂意親上加親，要是長大後相處不來也不勉強。其實家裡的長輩並不是想要硬性定下這宗婚事，而是希望在欣宜能夠獨立前，給她一個『未婚夫』，以免她被那些盯著王家而來的人騙了。畢竟娶了欣宜，便等同於把王家納入掌心裡。」

安然眨了眨眼睛，道：「所以即使阿俊不鬧離家出走，其實也能輕易解除彼此之間的婚約？」

林鋒一針見血地指出：「應該說，因爲阿俊離家出走刺激到欣宜，讓她覺得大失面子，才會被她一直糾纏著。」

安然聞言，心有戚戚地點了點頭。

此時，與妙妙玩累了的王欣宜蹦蹦跳跳地走來，二話不說便拿起水果盤上的小叉子，把最後一片蘋果吃進肚子裡。富士蘋果又甜又爽脆，王欣宜瞇起雙目，露出了滿意的神色。

這孩子平常看起來嬌小乖巧，笑起來時，臉上有一對小小的梨窩，非常甜美可愛。做事總是率性而為，卻又不會讓人感到討厭。自從王欣宜三不五時來串門子後，安然總有種家裡養了隻嬌貴小貓的錯覺。

把最後一片蘋果吃進肚子裡後，王欣宜便拿著水果盤走回廚房：「俊表哥，順便把它洗了吧。」

林俊接過水果盤，抱怨道：「水果盤只要沖一下水就可以了，妳別這麼懶啦，這樣真的沒有人會娶妳的。」

王欣宜撇了撇嘴：「幸好我已經把你休掉，囉唆的男人最討厭了！」

聽著二人再次吵起，安然突然覺得好像看著一大一小兩隻炸毛的貓咪一樣。

安然甚至心想，怪不得妙妙一直對林俊親暱不起來，也不太主動與王欣宜親近，原來是貓科與犬科生物之間天生的不對盤嗎？

見兩人有愈吵愈激烈的趨勢，安然決定先把自己的事情拿出來說：「我明天要到大陸出差，會有幾天時間不在。」

安然話一出，原本吵吵鬧鬧的聲音倏地停止。林俊與王欣宜也顧不得吵鬧了，最近他們被安然養得嘴都刁了。先前安然因爲小肉本誤交唐銘一事生氣，一天沒有煮飯已讓他們感到很不習慣，現在大廚一走便是數天，對他們來說不亞於世界末日。

其實安然的廚藝說不上專業，煮出來的東西也不精緻，但出自青年手下的家常菜味道卻都很好，而且還有一種很溫暖的感覺，也許這便是傳說中「家」的味道吧？

王欣宜之所以經常來串門子，除了因爲小小的報復心，故意來招惹林俊讓他心煩以外，主要還是爲了來蹭餐的。

因此安然這番話一出，無疑在家裡引爆了一顆核彈，就連面對林俊與王欣宜的爭鬧也能處之泰然的林鋒，也不禁轉過頭來盯著安然看。

甚至妙妙也察覺到奇怪的氣氛，順著大家的視線，一起回頭看向安然。

被四道視線盯著，安然突然覺得壓力山大。

林俊三人不約而同同時開口了。

林俊：「那晚飯怎麼辦？」

王欣宜：「那這幾天我們晚飯吃什麼？」

林鋒：「是公司出了什麼事情嗎？你平常到大陸出差，通常不會過夜。」

三人同時說話，安然聽得有點困難，但好歹還是聽出內容了。聽到林俊與王欣宜第一句便問到晚餐，安然忍不住感慨這種同是吃貨的默契。

兩個吃貨的話與其說是詢問，倒不如說是在向安然抱怨。因此安然很乾脆地無視了他們，只回答林鋒的提問：「也不是什麼大問題，只是有客人會到廠房參觀幾天，因此我們得在大陸留宿。」

安然並不打算把與白樺一起到大陸調查命案一事告訴林鋒他們。雖然安然一直覺得林家三兄弟並不簡單，可是現在涉及的是眞正的犯罪集團，即使林鋒眞的是黑社會老大，也未必能夠與犯罪集團直接衝突。

上次紅衣女童一事，安然已經因爲自己的關係，連累到大家陷入危險而深感歉意。這次焦炭君的目標明確，而且同行的還有身爲警官的白樺，安然覺得自己的安全還是有保障的。

因此，安然便假稱這次是因工作關係要到大陸，反正他公司有廠房在東莞，偶爾也會因工作關係至大陸出差。

果然，林鋒等人完全沒有懷疑安然的說辭，兩個吃貨也在抱怨了一番後平息下來。畢竟安然是去工作，他們總不好多說什麼。林俊二人雖然有點任性，但還不至於要安然放下工作來遷就他們。

□

第二天，安然便與白樺在羅湖會合。

同行的除了白樺外，還有與安然有過數面之緣的顧東明，以及曾與安然一起大探李永榮別墅的女記者陳清。

對於顧東明的出現，安然並不感到意外。白樺先前已告知安然，原來那個犯罪組織早已受到大陸警方關注，只是由於證據不足，警方想要放長線釣大魚，這才沒有行動。

這次白樺不知用了什麼手段，竟然搭上調查這個組織的大陸警方，並讓對方接納他一起調查。因此，白樺讓作爲副手的顧東明一起同行，在安然眼中便顯得順理成章了。

「清姊？妳怎麼來了？」顧東明同行，安然並不覺得意外，倒是陳清的出現，令安然訝異地睜大了雙目。

陳清好哥兒們地勾著安然肩膀，興師問罪地哼了聲：「安然你這小子好樣的，竟然找到那麼獨家的大新聞也不告訴我。要不是木頭找我去調查王得全的資料，我還不知道原來有這麼厲害的獨家猛料呢！」

聽到陳清的話，安然向白樺投以不贊同的視線。

白樺向安然微笑著解釋：「王得全的事有點急，我們需要多方面情報，才決定找學姊幫忙。我與東明到達廣州後，會暫時與你們分道揚鑣，但我已經聯絡了可以信任的人來照顧你們，並且負責你們這段期間的安全。請相信我，我不會爲了破案，而把學姊陷於危險之中。」

聽到白樺的解釋，安然的表情這才緩和了點，但仍是抱怨道：「對方可是涉及一整個組織，你聯絡的人有那麼厲害嗎？」

白樺還沒答話，顧東明已一臉不耐煩地說道：「放心吧！那個人可是有著與這些組織打交道的豐富經驗，只要你們聽話別逞強，保證他能夠把你們安全送回香港。」

看了一眼顧東明，安然便不再說話了。不知道是不是他的錯覺，安然總覺得顧東明好像對自己挺有意見的，明明上次見面時，對方還沒有這種明顯的情緒……

他卻不知道，不止顧東明，他已經被整個特案組列為不受歡迎的人物了……

見氣氛變僵，陳清笑著拍了拍安然的肩膀：「小伙子，你再操心下去都快變成老媽子了。我說你那麼緊張我的安危，該不會是愛上我了吧？」說罷，陳清還很痞子樣地伸手摸了摸安然的臉蛋。

請原諒安然這個平凡人沒什麼特別的地方，活了二十年，還是第一次被女生這麼明目張膽地調戲。只見安然的臉以肉眼可見的速度迅速變得通紅，臉上的熱度都可以用來煎蛋了。

看著安然那副純情模樣，顧東明突然覺得自己剛剛的行爲簡直像在欺負小孩子，莫名其妙地有種罪惡感……

白樺調查出王得全在大陸的物業當中，有間廢棄工廠。

在大陸，由於近年來經濟急速成長，不要說廢棄沒人理會的工廠了，一座座沒有人居住的現代化「鬼城」也屢見不鮮。

因此王得全這座小小的工廠，即使空置了多年，也不會有人在意。如果不是因爲安然的夢境，甚至也不會有人去調查他名下的物業吧？

王得全需要黑市心臟救命，其實也不一定要動用自己名下的地方。不過以白樺對王得全的調查所得，這個人似乎與那個背後的犯罪組織有所關聯。說不定他不止是客人，還是其中的一員。

既然找到了線索，白樺是個具有行動力的人，二話不說便通知安然，並相約第二天一起北上進入大陸。

雖然安然告訴林鋒他會到東莞出差，但其實他們的目的地是廣州。

別名「羊城」的廣州，是大陸五大國家中心城市之一。自從火車和諧號通車後，深圳往返廣州只需一個多小時；再加上這座城市非常繁榮、治安也不錯，而且當地居民與香港人一樣，都是以廣東話爲主要溝通語言，安然還曾與友人到過廣州觀光，對這座城市並不算陌生。

上了火車後，安然這才想起住宿的問題。

聽到安然的疑問，白樺笑道：「沒關係，我不是說在廣州有信任的人嗎？他已經替我們安排了居住的地方。」

安然問：「是白警官你的朋友嗎？」

「是我過去認識的一名線人。」白樺聳了聳肩，這個動作一般人做起來總會有種輕佻感，偏偏落在白樺身上，卻有著難以言喻的瀟灑。

安然看到坐在他們對面的兩個女生口水都快要流下來了，還有人用手機偷偷拍下照片。

安然相信他能夠發現，那白樺不可能察覺不到。偏偏這個男人卻是一臉愜意地坐著，完全沒有被人偷拍的侷促感，顯然早已習慣這種狀況了。

白樺長相俊美精緻，卻不顯絲毫女氣。身材瘦長，那雙隨意伸展的腿又長又直，每個動作都像一幅畫似的賞心悅目，比螢幕上的大明星還要出色。安然實在不明白，這麼一個天生便是發光體的人，到底怎麼會從事警察這一行呢？而且他這種別人一看就忘不了的長相，追賊時不會不方便嗎？

也許安然偷偷打量的目光太明顯了，白樺放下手中的雜誌，問：「怎麼了？」

白樺低沉的聲音很溫柔，安然看著那些女人變得通紅的臉，顯然是看到白樺溫潤如玉的姿態後瞬間迷醉了。

秀色可餐，就連同爲男性的安然，也覺得心臟瞬間被射了一箭——愛神邱比特的箭！

好強大的殺傷力！

「沒什麼……」安然一邊在心裡大呼「妖孽退散！」，一邊裝作若無其事地撇開了臉。白樺看到安然變得通紅的臉後，忍不住在心裡暗暗發笑，心想這小子眞的太有趣了。

異眼房東の日常生活

第四章・保鑣昆西

火車車程並不算很長，安然吃吃東西、小睡片刻，一行人便到達他們此行的目的地——廣州。

離開火車站，安然跟隨白樺越過好幾名走上來詢問「需不需要搭車」、招攬生意的司機後，便看見領頭的白樺朝一名身材高大的外國青年走去。

西方人的皮膚相較於東方人大多比較粗糙，安然一向覺得外國人的年紀單憑容貌有點難猜，但也能看出這個青年還很年輕，大約不到三十歲吧。對方有著一頭束成馬尾的搶眼紅髮，容貌說不上英俊，但搭上高大挺拔的身材，以及臉上壞壞的痞笑，卻有著一股特別的魅力。

只見白樺走到紅髮青年身前，微笑著與他打聲招呼：「好久不見了，昆西。」

相較於白樺那溫和有禮的態度，昆西的反應卻是熱情多了：「噢！我的木美人，眞的很久不見了，每次見你，都覺得你比先前更爲俊美。」

安然驚訝地瞪大眼睛，想不到這個紅髮的外國青年，竟然說得一口流利的國語！

陳清上前，生氣地一手扯著昆西的馬尾：「昆西，你這個混蛋！你眼中就只有木頭，看不見其他人了嗎!?」

背後受到襲擊的瞬間，昆西皺了皺眉頭。安然突然感到心裡一寒，這種感覺他並不陌生。自從有了見鬼能力後，安然便有種類似趨吉避凶的本能。就像林俊剛搬來與他同住時，安然能夠本能地感覺到不好的、有危險的東西。

而此時，他突然感到眼前的紅髮青年給他一種很危險的感覺，他幾乎就要大喊一聲「有殺氣」了！

然而這種如芒刺在背的危險感卻只出現了短短一瞬間，在昆西眉頭皺起卻又即刻鬆開之際，這股殺氣立即煙消雲散，彷彿一切只是安然的錯覺。

只見昆西握住陳清的手，姿態如同戀人般親暱地低喃道：「怎麼會呢？我誰都能夠忘記，卻獨獨忘不了清清妳。」

肉麻的話語讓陳清雞皮疙瘩掉了一地，連忙甩開對方的手並後退一步。

昆西咧嘴一笑，隨即把視線投向安然：「好可愛的中國娃娃。這男孩子是誰？是木美人你們的朋友嗎？」

安然的反應好不了陳清多少，在昆西誇張的反應下，不由自主地退後了一步。

難道這個隨便發情的人，就是白樺安排在廣州照顧他們的人嗎!?

安然突然有點擔心自己與陳清的貞操了！

而且為什麼叫他「中國娃娃」啊？他已經二十歲了！雖然和昆西相比，的確有點嬌小沒錯……但怎麼說，這也不是適合用來形容成年人的詞吧!?

看出安然的不滿，陳清上前拍了拍青年的肩膀：「昆西這個人雖然看起來不怎麼正經，但他的身手卻真的不錯。而且他這個人雖然有點風流，但為人還算君子，對方不是自願的話，他絕對不會勉強的。」

「喔……」安然點了點頭，隨即發現自從昆西出現後，顧東明的神色便變得益發陰沉。

難道是因為昆西獨獨沒有調戲他，所以顧東明覺得失了面子？

還不待安然繼續猜測下去，大陸警方那邊已派人來了。白樺與顧東明向眾人道別了聲，便上了警車與安然等人分道揚鑣。在接下來的時間裡，昆西將是安然與陳清在廣州的「保母」。

昆西把二人領至一輛私家車上，笑道：「我先把你們送到飯店安頓好，這段時間你們有什麼想去的地方？對了，有關案件的事，木美人已經告訴我，我會視情況安排你們的行程。有些地方如果我覺得有危險，請你們合作，暫時不要前往。」

陳清聞言點點頭，顯然事前已做足了功課，昆西的話一出，她便立即扳著手指數道：「我想去的地方可多了，那間廢棄工廠、王得全的家、他工作的地方，還有王家恆來到廣州時落腳的飯店……」

聽到這裡，安然訝異地詢問：「王家恆落腳的飯店？他不是被王得全接回家了嗎？」

陳清哼了聲，道：「那個王得全是把人接過來了，但他根本不安好心，只是衝著對方的心臟，又怎會讓王家恆住進自己家？我已經調查過，王家恆來到廣州後一直住在飯店，並沒有踏足王家大宅一步。當時王得全的說辭是，讓王家恆就這樣悄無聲息地回家也太委屈了，因此他希望找個良辰吉日，鄭重地把王家恆的名字加進族譜裡，在眾人的見證下將對方正式迎回王家，並介紹給他的生意夥伴認識。」

安然聽到陳清的話後，忍不住為王家恆感到悲哀。想當初驟然獲得親情的王家恆，在聽到這番話的時候，應該是對他的父親心懷感激，並且對未來充滿著希望的吧？

誰會想到，這個美好的未來，其實只是王得全爲了哄騙他所編織的謊言？

不要說是把他的名字加進族譜了，王家恆至死連王家的大宅也沒有踏入過一步呀！

說實在，安然是怨王家恆連累自己捲入這件事裡。可是一想到對方的不幸，安然卻又覺得心裡有點不是滋味。

果然他還是心太軟了。

對於王家恆的遭遇，陳清也是同情的。說著說著，女子便靜默了起來，不再像一開始說到獨家新聞時的眉飛色舞。

雖然因爲工作的關係，陳清對於各種不幸的事已有著一定的免疫力。但她也是個人，在採訪報導中獲得成就感與榮耀時，也會爲案件中受害者的不幸而難過。

昆西卻完全無視二人變得低落的心情，依舊笑得沒心沒肺地道：「爲免打草驚蛇，影響了警方那邊的調查，清清妳說的地方有很多都暫時不適合前往，不過其中有個地點我倒是可以立即滿足你們。我早已猜到你們想到王家恆暫住的飯店看看，爲了省事，所以你們這次居住的飯店房間，其中一間正是王家恆在廣州居住過的喲！」

安然被昆西這番話驚呆了！

喲什麼喲!?他是認眞的嗎？因爲他們在調查焦炭君的事，所以便送他們到飯店來個靈探之夜嗎？

這還讓不讓人活!?

雖說那裡不是王家恆的死亡地點，但安然只要一想到焦炭君死前一段日子都住在那間房內，便覺得不舒服啊！

昆西完全沒有理會二人複雜的心情，還建議道：「不如今天就先看看那間飯店的房間，明天再討論去其他地方吧。而且到了飯店後，我還有驚喜給你們呢～」

安然看了陳清一眼，雖然這次的旅程可說是因自己而起，不過安然對調查這種事實在沒有什麼經驗，因此不由自主地便以陳清馬首是瞻。

陳清也是個直爽的女強人，見安然投過來詢問視線，便爽快地下了決定：「那今天先休息一天，明天再出發吧。」

看到安然沒有異議，昆西笑著應了聲「ＯＫ」。

王家恆曾居住的飯店離火車站不算遠，短短二十分鐘的車程，昆西便把二人送至目的地。

男女有別，安然與陳清當然不可能住在同一間房，因此昆西爲他們訂的除了王家恆曾住過的房間外，還有一間鄰近的房間。陳清拿到房卡後，二話不說便把王家恆住過一段日子的那張房卡交給安然。安然知道自己沒有反對的理由，只得默默接過了房卡。

辦理好入住手續，三人約定一小時後在安然、也就是王家恆曾住過的那間房集合。昆西還再次提及，到時候他會給兩人一個意外的驚喜，並且這驚喜還能在晚餐前，讓他們好好消磨一下時間。

安然與陳清先把行李拿上房間，昆西則留在大廳，看起來並沒有離開的意思。

安然本以爲昆西會在這一小時內先到附近逛逛，可看到他坐在大廳動也不動，安然不禁疑惑了。

難道昆西無處去，打算呆坐在大廳直至約定時間？

這個想法冒起後，安然便停下步伐，想折回去邀昆西與他一起上客房。至少房內有電視可看，休息時也比較舒服。

陳清看出安然的想法，拉住剛踏出腳步的青年，道：「由他去吧，你就別妨礙他了。」

陳清說讓昆西一個人待著，安然沒有意見，不過女子說安然會妨礙昆西，他便覺得有點奇怪了。因此忍不住在等電梯時，暗暗打量悠然自得地坐在大廳看雜誌的昆西。

很快地，安然便見一個拖著行李箱的金髮美女步入大廳，昆西的視線明明從未離開過手上的雜誌，可是安然卻看到他的腿輕輕往外一踢，把一個被人丟棄在地面的塑膠袋踢到女子必經之處，正好卡在行李箱的滾輪裡。

金髮美女不得已停下來，彎下腰想把卡在滾輪上的塑膠袋拉出。此時昆西很紳士地伸出援手，立即獲得美女的好感。

雖然安然此刻所在位置，聽不見兩人在說什麼，但光是看他們的眼神，以及彼此間充斥著荷爾蒙的氣氛，安然簡直可以爲言談甚歡的二人配音了：

昆西：「約嗎？」

金髮美女：「約！」

想到這裡，安然不禁滿臉黑線。

好吧……他承認自己邀對方同行的想法雖然是出於一片好心，但剛剛眞的差點兒壞了昆西的好事了……

剛剛目擊昆西乾脆又俐落的約炮過程，還是鮮嫩小處男一枚的安然，覺得自己的玻璃心受到打擊了。

爲什麼？昆西也不是長得特別英俊，怎麼那麼輕易便有艷遇!?

一旁的陳清，幸災樂禍地笑道：「呵呵！怎麼？單身狗被閃到了吧？」

安然撇了撇嘴：「別說我是狗，女孩子說話不能這麼粗俗！」

陳清被安然逗笑了：「『單身狗』是網路用語，又不是罵你是狗，哪有粗俗不粗俗的？你這小子眞逗。」

說罷，陳清用挑剔的視線把安然從頭到腳打量一遍，接著道：「好吧！姊姊我吃虧一點，今晚幫你脫離處男之身吧！」

「清姊，妳別再拿我來開玩笑了。」

看到安然一臉無奈的神情，陳清笑哈哈地取笑道：「有色心沒色膽。」

安然好想反駁——我根本沒有對妳起過什麼色心啊！而且如果我順著妳的話說「好」，還不被妳罵死嗎？

有本事妳今晚就過來房間找我！妳敢嗎！？

可惜這些話安然只敢在心裡說，不敢真的說出口。只能堵著一口氣不說話，逕自往房間走去。

陳清笑嘻嘻地道：「怎麼？生氣了？」卻見走在略前的安然倏地停下了腳步。

陳清快步追上前，問道：「怎麼不走了？」

「剛剛……我好像看到一個矮小的黑影一閃而過，但看得不太確實，也許是我眼花了。」安然站在原地打量四周環境，卻沒有發現什麼特殊的情況，也沒有平常遇到鬼怪時，心頭泛起的那種不好的感覺。因此他最終只把剛剛看到的事情，歸咎於眼花罷了。

陳清誤會安然這番舉動是裝作見鬼來嚇唬她，以報復剛剛的玩笑，便道：「我說安然啊，你好歹也是個男人吧？別像女人一樣小肚雞腸好嗎？」

安然聞言，嘴角一抽，先不說他真的不是故意嚇她，陳清剛剛那句話也很有問題啊！

清姊……妳也是個女人吧？這樣說女人好嗎？

別說得好像自己是個男人一樣！

正所謂好男不與女鬥，安然雖然心裡吐槽著，但看到陳清有點不高興了，還是哄道：「我剛剛是真的看到一條小身影閃過，我發誓！」

說罷，安然還煞有介事地豎起了三隻手指，做出發誓的動作，逗得陳清「噗哧」一笑。

見陳清展顏，安然忍不住跟著笑了笑：「清姊，妳不是說想看看王家恆居住的房間嗎？趁我還沒把房間弄亂，現在先進去看看吧。而且我們一會兒還要整理一下行李，可不能讓昆西久等呢。」

聽到安然提及房間的事，陳清立即來了興致。取過安然手中的房卡，便喧賓奪主地進入安然房內。

安然也不在意，尾隨著陳清步入房裡。

王家恆曾居住的房間是很普通的單人房，面積不算大，但卻整潔，拉開的窗簾讓房內滿布自然光，給人很舒服清爽的感覺。

陳清看著平凡無奇的房間，道：「噢，似乎不像有鬼的樣子。」

安然：「……」

拜託妳注意一下今晚會在這裡過夜的人的心情，謝謝！

陳清不死心地上前拉上窗簾，房內燈光帶著暖色調的黃色，立即讓房間變得昏黃：「怎樣？王家恆出現了嗎？」

安然扶額道：「沒看見任何東西……他又不是在這裡出事的，應該不會在這裡現身吧？」

陳清道：「誰知道呢？你不是說他老是在電梯出現嗎？可是你公司的電梯與他的死也沒有關係吧？」

「關於這方面我也曾疑惑過，並且問過唐銘……啊，唐銘是我一個懂得這方面事情的朋友。」安然解釋：「他說人有三魂七魄，有時候枉死的人，魂魄會逗留在生前經常出入的地方，又或者是死亡的地點。所以醫院或者常發生交通意外的地方特別容易碰見靈體。王家恆的鬼魂出現在電梯裡，應該是第一種狀況，因爲公司所在的商業大廈是他經常出沒的地方，而電梯更是長年沒有接觸太陽的聚陰之地。」

聽完安然的解釋，陳清總算明白了：「也就是說，這間房既不是王家恆記憶很深、經常出沒的地方，也不是他死亡的地點，所以王家恆不會在這裡出現？」

安然點頭：「我不敢百分之百肯定，但按照我的理解，應該是這樣沒錯。」

聽了安然的話，發現沒什麼好看的陳清便離開安然房間，回到自己的房間整理行李。直至約定時間，陳清才返回安然那，並與準時到訪的昆西在門口相遇。

當安然看見昆西時，身爲「單身狗」的一顆玻璃心不禁再次抽痛起來。

只見昆西臉上掛著一臉滿足的神情，他明顯才洗過澡，一頭紅髮還是濕漉漉的，衣領遮掩不到的脖子上，還有著一些可疑的紅印。

陳清撇了撇嘴：「喲，似乎遇上了很熱情的美女呢！」

昆西完全不掩飾剛剛的艷遇，一邊把濕漉的劉海往後撥，一邊笑道：「再美的女人，在清清妳的面前都會黯然失色。如果妳願意接受我的追求，那我絕對會只爲了妳一人守身如玉的。」

陳清「嘖」了一聲：「你還承認得眞乾脆，好歹也否認一下吧？」

昆西聳了聳肩，反問：「我爲什麼要覺得自身有魅力，是一件羞恥的事情呢？如果我是一個萬年處男，那才是見不得光的事情吧？」

一旁的安然，有種膝蓋中箭的感覺。

說罷，昆西並沒有繼續這個話題，放下了手裡的筆記型電腦，打開電源後笑道：「這是先前說過要給你們看的好東西，正好可以用來打發時間。」

陳清立即好奇地湊上前，就連安然也顧不得修補摔得破碎的玻璃心了，二人皆一臉好奇地看著昆西的十指在鍵盤上靈活跳動。

很快地，電腦螢幕便變成了其他畫面。

安然與陳清驚呼了聲，此刻螢幕上所顯現的，是一個個監視器所拍攝到的畫面。有飯店大廳的、有電梯的、也有走廊的……

隨著昆西輸入的指令，監視器畫面停頓了下來，日期正好是王家恆來到廣州的第一天。

昆西笑道：「我知道你們在查王家父子的事，反正都來了，我便順道『借』走一份飯店的監視器影像記錄。這算是附贈給你們消磨時間的。」

陳清不知想到了什麼，神色古怪地詢問：「我說……這東西是你剛剛『借』來的？」

也許是因爲陳清的神情太古怪，因此昆西聞言愣了愣，頂著驚疑不定的神色說道：「是啊，怎麼了？」

獲得想要的答案後，陳清「噗」地笑出來：「我說你還眞忙耶，不光要『借』人家飯店的監視記錄，又要與金髮美人滾床單，事後還沖得清清爽爽才過來……最重要的是，這可是在一個小時之內發生的事情喔。我說，昆西你滾床單到底佔用了多少時間？你該不會是個外強中乾的『快槍手』吧？」

聽到陳清的嘲笑，昆西卻是不以爲然地笑道：「我是不是『快槍手』，清清妳試一試不就知道了？」

話題涉及自身，陳清立即反擊道：「你作夢吧！我才不要呢！像你這麼隨便的人，我怎麼知道你有沒有什麼奇怪的病！」

昆西被陳清這麼說，卻絲毫不生氣，甚至還好脾氣地哄道：「我只是逢場作戲而已，清清妳別難過、也別生氣……」

陳清窘道：「我才不是因爲嫉妒所以生氣。」

安然見他們的話題往奇怪的方向而去，忍不住假咳了聲，把兩人的注意力拉回來：「所以從這些影像中，可以看到王家恆出入飯店時的狀況？」

昆西見陳清有炸毛的跡象，也不再逗她，轉而回應安然的話，解釋：「是的，經過我的調查，王家恆是在一月十八日入住飯店的，退房日期是一月二十五日。要察看的話，我建議你們可以先看這兩天的記錄。」

說罷，昆西便打了個呵欠，道：「昨天玩得太晚，安然，借你的床讓我補補眠吧。你們看完、要外出時再叫醒我。」

安然與陳清已被錄影內容吸引，聞言也只是擺了擺手，示意昆西自便。昆西看到這二人一副過河拆橋的模樣也不在意，逕自到睡床上補眠去。

異眼房東の日常生活

第五章・錄影

雖然安然他們不知道王家恆確實住進飯店的時間，但因爲知道日期，所以要找出影像並不難。

他們沒有花太多時間便找到了要找的片段。

螢幕上，映照著王家恆與他的父親王得全，以及一名戴著眼鏡、看起來像助理般的男人，他們一起步入飯店裡。

王家恆是個高高瘦瘦的青年，在爲數不多的影像片段中，可以看到他面對親生父親王得全時雖然掛著微笑，但卻無法掩飾神色中的侷促與生疏。看到王家恆這副小心翼翼的模樣，安然能夠想像青年對這名突然冒出來的父親感到既陌生，卻又因爲血緣關係而充滿了期待及孺慕之情。

相較於王家恆的不自在，王得全這隻世故的老狐狸便顯得自然多了。王得全看著王家恆時，臉上的神情滿是慈愛，把一個尋回失蹤二十多年兒子的慈父角色演得入木三分。

然而安然的注意力並沒有專注在王家父子身上。他在看到那名替王家恆拿行李的助理時，目光便再也移不開了。

這名男子年約三十多歲，臉上戴著眼鏡，留著一絲不苟的髮型，穿著非常正式的西裝，面對王氏父子時態度不卑不亢的同時，又適當地保持著對上位者應有的尊重。一眼看去，給人一種精明而出色的商場菁英的印象。

但這並不是安然特別注意他的原因。安然之所以特別關注他，是因為這男人正是他在夢境中看見的那個在王家父子進行換心手術時，唯一站在手術室裡旁觀手術過程的非醫護人員。

安然肯定這個眼鏡男絕對是王得全的心腹，他絕對知道王家恆死亡的內情，而且絕不清白。從夢境中的狀況看來，他當時能夠出現在手術室，與這事情的牽扯必定不淺！

安然連忙暫停影像，指了指螢幕上的眼鏡男，問：「清姊，妳有這個人的資料嗎？」

陳清搖了搖頭：「我這幾天光忙著找出王得全的身分，以及他那間有可能用於販賣黑市器官廢棄工廠的地址，還沒有詳細調查他身邊的人。只知道那男人叫易國豐，是王得全的助理。這個人怎麼了？」

安然道：「不知道白警官有沒有告訴你，我曾在夢中看見王家恆死亡的經過。在夢境裡，王得全進行心臟移植手術時，全程一直有個眼鏡男在他身旁守著……」

安然的話還沒說完，陳清已猜到安然想要表達的意思。「嗯，木頭有提過你被鬼魂託夢……你的意思是，螢幕上的助理就是你口中出現在凶案現場的眼鏡男!?」

二人談話時雖然提及鬼魂、託夢等等奇怪字眼，可是他們並沒有特意避開昆西的意思。先不論現在對方正在睡覺，也不知道有沒有聽見他們在說什麼，即使對方正清醒著，安然他們也不打算隱瞞。

畢竟這段時間他們都會與昆西一起行動，有些事情與其遮遮掩掩，倒不如大方表現出來。反正照顧他們是昆西的工作，有沒有鬼魂什麼的對他來說都不是重點，只要能帶好他們兩人就可以了。而且對方是白樺找來的人，安然與陳清還是很信任的。

安然他們並沒有注意到，一直躺在床上似乎睡死了的昆西，在他們說到這些奇奇怪怪的事情時勾起了嘴角，隨即蔚藍的眼瞳張開，看了看專注盯著螢幕討論案件的陳清二人後，他便打了個呵欠，翻身並再次閉上雙目。

獲得安然的確定後，陳清雙目迸發出尋求眞相的興奮光芒，道：「這簡單，我找人查查他。」說罷，便見陳清打了通電話，請她的同事幫忙查一下這個眼鏡男。

很快地，安然便見識到香港記者的能耐，因爲陳清這通電話才打不到十分鐘，她同事便已找全了眼鏡男的資料，詳細的程度幾乎把人家祖宗十八代都挖了出來。

不過陳清顯然對這些生平事蹟啊、學歷、興趣與家庭、工作狀況等的資料不太滿意。只見女子收到同事電郵過來的資料後皺起眉，隨即便再打了通電話過去：「試試看能否查到他的存款資料，大約年初時有沒有突然多出了一筆收入。」

一旁的安然：「……」

他這個被焦炭君拜託的主角完全插不進手啊怎麼辦？

而且清姊你們眞的是記者嗎？連銀行帳戶也查得到，未免也太強大了吧？而且這是犯法的喔……

此時，二人一直以爲睡得正沉的昆西，突然從床上坐起，舉手道：「這個我可以查到唷。不止這個眼鏡男的銀行帳目，就連王得全的戶頭，以及他公司的帳目也可以查出來，怎樣？要查嗎？」

相較於已經不知道該說什麼才好，並且對於昆西是否真的能夠辦得到而抱持疑問的安然，陳清卻是毫不懷疑昆西的能力，她的重點反而在其他問題上：「多少錢？」

昆西微笑著作了個手勢。

陳清皺起眉：「太貴了。」

昆西彷彿正等著陳清這句話，聞言後很爽快地說道：「如果清清妳願意在事情結束後，賞臉與我一起吃頓浪漫的燭光晚餐，那我可以打個八折給妳。」

陳清想了想，點頭應允下來：「可以。」

獲得陳清應允，昆西咧嘴一笑，便來到筆記型電腦前輸入一堆安然完全看不懂的東西。昆西有著一雙骨節分明的大手，手上還有著細小的疤痕與老繭。然而這雙粗糙的手卻意外靈活，在鍵盤上飛快得幾乎只能看見殘影。

很快地，密集的「嗒嗒嗒嗒」聲靜止下來，取而代之的是昆西的聲音：「好了。」

安然探頭過去，此時螢幕上已經顯示著清清楚楚的銀行資料，「好厲害！」

昆西聳了聳肩：「這不算什麼，我有個兄弟可是專業駭客，他可比我厲害多了。」

安然問：「咦！昆西你不是駭客嗎？」

昆西挑了挑眉：「你以爲我是駭客？怎會這麼想？」

安然道：「我起初以爲你是保鑣，可是看到你這麼輕易便取得王得全他們的銀行資料……一般的保鑣應該做不到這些吧？」

昆西笑道：「我現在的確是你們的保鑣沒錯啊。不過老實說，我的本業其實是傭兵。」

安然瞪大雙目，無法置信地重複：「你是傭兵!?就是線上遊戲裡面那種什麼危險工作都接、有時候還會去打仗的傭兵？你是來自外國的傭兵公司嗎？我記得之前聽過一個在美國的，好像叫什麼水的傭兵公司。」

昆西有點不明白眼前的中國娃娃，爲什麼在聽到他是傭兵時，會露出那麼崇拜、興奮的神情。老實說，大多數傭兵只要對方出價夠高，便可以受僱於任何人，因此他們與正規軍不同，在很多戰亂的地方都被視爲禍亂的象徵，並不受當地人歡迎。

看到安然這種反應，昆西不禁感慨香港的孩子果眞沒有經過戰亂，完全不知道戰爭的殘酷。

不過，安然聽到「傭兵」這種職業時的友善反應，總比一聽到便黑臉來得好。昆西不認爲自己的工作有什麼見不得人的地方，聽見安然的詢問，他便簡單介紹了下自己工作的情況。「傭兵……大概就是你所說的情況吧。一般我們都會待在戰亂地區，那邊的錢比較好賺。近期我休假中，閒著無聊，就接了些保鑣的活賺外快。還有，我所屬的公司並不是黑水，只是間名不見經傳的小公司而已。」

「說謊。」安然毫不留情地指出：「別以爲我是瞎子，你說到黑水公司時一臉嫌棄，說到自家小公司時則一副驕傲的模樣，我可不認爲你眞的是爲名不見經傳的小公司工作。」

昆西笑了笑，卻沒有答話。

安然也不以爲然，依然表露出對昆西的強烈興趣：「那你身上有槍嗎？雖然這裡禁止平民使用槍枝，但感覺上你應該有方法帶過來吧？」

昆西問：「哦？問這幹什麼？」

安然道：「我只是想摸摸而已，我還沒摸過眞槍呢。昆西，借我摸摸吧！」

昆西卻只是笑了笑，隨即岔開話題，道：「清清，妳看了這麼久，有什麼發現嗎？」

正看著交易記錄與資金流向的陳清，聞言指了戶頭上某幾筆數字：「看這裡，易國豐在王家恆退房後兩天，戶頭進了一大筆金額；另外，這裡、還有這裡……」陳清控制滑鼠調開另一個頁面：「易國豐與王得全的個人戶頭，總是隔一段時間便有一筆來歷不明的款項匯入，而且公司的帳目也有點奇怪。」

安然立即被陳清的話分去心神，也不向昆西借槍玩了，走到陳清旁邊，道：「讓我看看。」

陳清這才想起安然是個會計，立即讓出位置給對方。

安然仔細看過這些資料後，道：「這部分的帳目的確有點奇怪，看起來有點像洗黑錢的方式……這些帳目將來也許能夠成爲證據，不過我們得到資料的方式並不合法，該怎麼處理才好？」

陳清提議：「把這些傳給木頭吧。要是這些資料用得上，憑他的手段，自然有方法把來歷不合法的東西變成合法的。」

安然聞言嘴角一抽，心想妳這麼大剌剌地說出來好嗎？白樺好歹也是執法人員吧？老是幹這些犯法的事眞的不要緊嗎!?

見陳清與昆西一副理所當然的神情，安然突然有種認眞便輸了的感覺……

算了，還是繼續看錄影吧！

接下來的錄影記錄其實沒什麼特別的，畢竟眾目睽睽之下，王得全與易國豐總不能直接把人綁走。從錄影中所看到的，全都是王家父子出入飯店時父慈子孝的畫面。

安然一直認爲血緣關係其實沒有想像中的重要。正所謂「親娘不及養娘大」，有時候多年相處下累積而來的感情，比血緣更爲緊密得多。

可即使王得全對王家恆這個兒子並沒有太多感情，但他利用對方想要親人、想要有所歸屬的心情來欺騙對方，甚至還謀害了對方的性命，這個人的心眞的太狠了。

俗語說，虎毒不食子，到底要多冷血，才能夠做出這種畜牲也不如的事情？這個世上，有著寧可犧牲自己性命，也要保護子女安全的父母；也有如王得全這種，爲了自己活命而把孩子推向地獄的人。

也許在危及性命時，才更能顯出所謂的人性吧？

看著錄影中王家恆不知內情地被王得全與易國豐騙得團團轉，尤其在最後王家恆退房那天，王得全與易國豐帶著他一起離開飯店，從此王家恆便沒有再在錄影中出現，安然便覺得心裡不是滋味。

不同於當初被逼迫而無奈幫忙的心態，愈是了解內情，安然愈是希望能夠把這些人繩之於法！

「昆西，你知道白警官他們這次有什麼打算嗎？」安然問。

陳清雖然與白樺的關係很好，但對於公事，白樺口風一向很緊，因此陳清也不太清楚對方這次的部署。而昆西是被白樺找來幫忙的，也許他會知道警方那邊的調查進度也說不定。

對此同樣很感興趣的陳清，也立即將視線投向昆西。

「你太看得起我了，木美人雖然找我來照顧你們，但他可不會把打算告訴我呢！」昆西摸摸下巴，道：「不過嘛……我對這件事還是有些猜測的。」

安然好奇追問：「是什麼？」

昆西也沒有再賣關子，道：「我覺得白樺會從內部開始著手調查。」

「咦!?你的意思是……警方那邊有王得全的同黨？」

「這不是顯而易見的事情嗎？」昆西解釋：「不然王家恆那標明是因車禍死亡的死亡證明是怎樣來的？就是不知道警方那邊已經被滲透到什麼程度。也許對方並不知內情，只是看在王家恆沒有任何背景、出了事也不會有人追究的份上，收錢僞造他的死因。又或者他們根本早已與那個組織同流合污，甚至是組織放在警方內部的眼線也說不定。我個人偏向後者，畢竟作爲一個販賣器官的組織，即使有些人是自願提供器官賣錢，但既然有王家恆的例子，那麼除了他以外，一定也會有其他非自願的受害者。朝中有人好辦事，他們總需要一些身處體制內、能夠時刻爲他們打點的『自己人』。」

安然一想到在夢境中，王家恆被人大卸八塊後，手術室接二連三推進去的人，忍不住打了一個冷顫。

雖然早已知道那是個不小的犯罪組織，可是對方的勢力顯然超出安然的預期，把這個從出生起一直循規蹈矩的青年嚇到了。

只聽昆西續道：「雖說從帳目中能夠看到王得全與易國豐的資金有過奇怪的流動，但這不能代表什麼，要當作證據還是太弱了。你們就連王得全是怎樣聯絡那個組織，以及組織的情況都不知道。爲免打草驚蛇，從僞造王家恆的死因方面爲突破點，相信以木美人的能力，要抓住那個組織的狐狸尾巴並非多困難的事情。」

「話說……昆西，你怎麼知道得那麼詳細？這些是你猜的，還是白樺告訴你的？」安然詢問，心想昆西對事態的了解也未免太深入了吧？

「他只叫我保護你們，以及說了些王得全的事，其他都是我剛剛聽你們對話內容、整理後得來的。反正你們也沒想要特別避著我，對吧？」

「總而言之，現在不宜打草驚蛇。所以你們這段時間乖乖地等消息，可別給木美人添亂，知道嗎？」說罷，昆西一臉自得地笑道：「其實我很高興你們沒有防著我，這代表中國娃娃與清清你們是信任我的。」

雖然昆西這番話是對著安然二人說的，可是他說話時，雙眼可是眨也不眨地看著陳清。平凡的面容上，那雙蔚藍色眸子深邃得彷彿能把靈魂吸走……簡單來說，陳清被電到了。

「你別無時無刻亂放電！本小姐可不是那些隨便的女人！」面對昆西深情的注視，陳清怒了。

昆西訝異道：「清清妳爲什麼生氣？」他實在不明白，只要被他用這種眼神看著，即使是再冰冷的女人，態度也會不由得軟化幾分。陳清卻反而生氣了，這讓昆西百思不得其解。

看了看生氣的陳清，以及一臉困惑的昆西，安然突然發現自己好像察覺到一些不得了的事情了……

見氣氛有點僵，安然作勢瞄向手錶，道：「我們也差不多該去吃晚餐了。」青年這麼一說，陳清二人也覺得肚子餓了起來。瞪了昆西一眼後，陳清充滿女王氣勢地一甩頭，冷哼了聲便率先離開房間。

「謝啦，中國娃娃。」昆西知道剛剛安然是故意爲他解圍的，便笑著拍了拍青

年的肩膀。

看著昆西尾隨陳清，轉身便要步出房間，安然猶豫片刻，還是忍不住出言詢問：「昆西，我說……你是不是喜歡清姊啊？」

昆西聞言，驚訝地反問：「你怎麼會這麼問？」

安然立即道歉：「抱歉，是我誤會了，我以為……」

「你沒有誤會呀！我的確喜歡清清。」昆西解釋：「我的意思是，我應該已經表現得很明顯了，你為什麼還會問這個蠢問題呀？」

昆西頓了頓，一臉大惑不解地追問：「我剛剛不是才向她表白過嗎？雖然不知道她為什麼生氣了。」

安然聞言，也被昆西的問題驚到了：「雖然你說的話……也算得上是表白沒錯，可是這種情況下，誰都會覺得你是在開玩笑啊！」

「你不覺得我對清清很好嗎？」

安然無言了：「你是對清姊很好，可是也無差別地對很多人示好！不說別的，先前你不是才使計向那個金髮美人搭訕嗎？別告訴我你只是到她的房間與她談心。」

昆西被安然的話逗笑了：「當然不是，我又不是你們中國的那個柳什麼的。」

「柳下惠。」安然提示道，隨即又疑惑地詢問：「既然你對清姊有意，那爲什麼還要招惹別的女人？而且毫不遮掩地讓她知道……」

昆西露出不明所以的神情：「這兩者有衝突嗎？我是喜歡清清沒錯，要是她答應了我的追求，我一定會對她忠誠。可是她現在又不是我的女朋友，我是個男人，自然有生理需求啊！」

安然都要被昆西氣炸了。

這算什麼？是該說昆西豁達還是開放呢？

嘆了口氣，安然隨即一臉同情地拍拍昆西的肩膀：「我老實告訴你吧，清姊與那些一夜情的女孩子是不同的。你這樣子，一輩子都不可能獲得清姊芳心的。」

說罷，安然便不再理會頻頻追問「爲什麼」的昆西，舉步離開房間，吃晚飯去。

異眼房東の日常生活

第六章・丟失的手機

昆西領著陳清與安然二人，來到一間在廣州非常有特色的茶樓。這間茶樓佔地很廣，邊吃晚飯，邊看著外頭的小橋流水，也是一種享受。

看著昆西在席間有意無意地頻頻向陳清大獻殷勤，安然不禁慨嘆昆西追求陳清的路，實在是前路漫漫啊！

不過，想到今天下午陳清看見昆西與金髮女郎談笑風生的眼神，以及昆西對陳清使用慣常的泡妞手段，卻反而惹得對方生氣時的模樣……似乎陳清對昆西也不是全無感覺。

然而再想到昆西那令人牙痛的無節操行動，安然便覺得昆西要把陳清追到手，至少要先好好管著他的下半身才行。

雖然昆西的想法不能說有錯，他現在仍是單身，也許他這種一夜情的行爲確實說不上背叛了誰的感情，但對於被追求的女生來說，實在很難接受昆西這種在追求她的同時，又招惹不同女人的行爲吧？

而且聽陳清的說法，她還因爲誤以爲昆西把自己當作那些輕浮女子而生氣……

現在看昆西在陳清面前那副狗腿的樣子，安然撇了撇嘴，心想如果二人之間沒有令感情迅速發展的契機的話，以昆西這種完全抓不到重點的狀況，即使再有泡妞的手段，若對象是陳清，只怕最終還是無法抱得美人歸吶！

□

三人吃著美味晚餐的同時，他們這次的目標王得全，卻接到了易國豐的來電。

「什麼？有人在調查那間工廠？」王得全聞言驚呼，激動之下，心口傳來陣陣疼痛。雖然經歷了換心這種大手術至今已有大半年的時間，可是卻把他本來已不算健康的身體弄垮了。即使已經小心翼翼地調理，然而健康狀況依舊大不如前。

「是的，是一個來自香港的小記者。被洪爺的人發現他在工廠裡亂跑，現在已把人扣下來。」易國豐的嗓音其實一點兒也不難聽，可是那不帶任何感情、猶如機械般公式化的說話模式，卻讓人聽著總覺得有些不舒服。

平常聽著自家助理冷漠的聲音，王得全總會不由自主地冷靜下來。可這一次，易國豐的魔力似乎也失效了。「爲什麼香港的狗仔會來調查我的工廠？該不會是事情走漏風聲了吧!?」

雖然王得全也算是個有錢人，卻遠遠不到會吸引傳媒採訪的程度。現在突然有記者闖入他的產業，而且還是他借給組織用來屠宰人體的場地，王得全立即慌了。

相較於王得全的慌亂，早一步收到消息的易國豐便顯得冷靜許多：「請放心，洪爺已經在處理了。」

聽到易國豐的話，王得全明顯感覺到對方不想透露更多消息給自己，他遷怒地罵道：「易國豐！別忘記你是誰的下屬，拿著誰給的工資！別以爲你現在替洪爺辦事，便能目中無人。要不是因爲我，你以爲你可以與洪爺搭上線嗎？到底事情現在怎樣了!?」

電話另一端的易國豐一臉不屑地撇撇嘴，心想：你給我的那些工資，還不及替洪爺做一筆生意所抽取的佣金呢！

然而易國豐即使心裡再看不起王得全，卻不會表現出來，面對王得全的責難，易國豐好脾氣地安撫道：「老闆，我是眞的不清楚詳情。不過洪爺既然已經插手，必定不會讓事情曝光的。」

王得全冷哼了聲：「總而言之你記著，事情如果曝光，你也脫不了關係，更何況這段時間你還幫洪爺做了不少其他勾當。這麼說起來……要是事情曝光了，說不定你的罪名比我還重呢！」

說罷，王得全也想到自己與他們現在是休戚與共的關係，總算安心下來，想到既然事情已有別人操心，他便鬆了口氣地掛上了電話。

易國豐聽到電話轉為盲音，臉上露出了嘲諷的笑容。

他本是王得全的下屬，因為懂得做人，而且辦事能力強，因此一直以來很受王得全的看重。後來王得全患病，急需用來移植的心臟，易國豐便為王得全穿針引線，找到了做販賣黑市器官生意的洪爺。

可惜即使是洪爺那邊的貨源，也沒有適合王得全移植的心臟，於是他便把主意打到曾被他視如敝屣的私生子、王家恆身上。

他們把人騙過來，並由洪爺那邊提供技術與儀器，為王得全進行手術。事成後，一直為王得全打點一切的易國豐，除了從王得全那兒獲得一筆可觀的收入，他的工作能力與人脈也被洪爺看中。因此這段時間，他可沒有少把有這種需要的有錢人介紹給洪爺，從中賺取高額佣金。

自從獲得洪爺賞識，易國豐可說財源滾滾來，自然對於王得全的事情沒有以前那麼上心。

偏偏王得全看不得易國豐過得比他這個僱主還要風光，又覺得對方攀上洪爺後不把他放進眼裡，不光經常對易國豐冷嘲熱諷，更沒有以往的信任了。

這讓本已打算離開王得全、轉而跟隨洪爺的易國豐，更加堅定離開的心思。

這次在工廠抓到一名記者，成了易國豐向洪爺投誠的機會。洪爺已經發話，把事情全權交給他處理。易國豐知道這是洪爺對他的考驗，只要事情辦得漂亮，到時候便能名正言順地加入洪爺的組織。

雖然現在他只是個牽線的中間人，所賺取的佣金也已不少，然而人就是貪心，誰會嫌錢多呢？

現在在王得全手下幹活，已經滿足不了易國豐的胃口，他等著洪爺正式接納他後，便能把王得全一腳踹開。

而能否被洪爺接受，這次那個被抓到的小記者就是關鍵！

□

安然並不知道在他們什麼都還沒做的時候，因爲一個記者的闖入，王得全等人已有了防範之心。

吃了一頓美味的晚飯，昆西還載兩人到徒步區逛了一會兒，然後三人才回到飯店，各自休息。

雖然今天實際上並沒有做什麼，但整天在外，安然還是覺得有些疲乏了，梳洗完畢後，便撲倒在柔軟的大床上玩手機。結果，仍沾有濕氣的頭髮還沒乾透，安然便已不知不覺進入了夢鄉。

沉沉睡去的安然，夢境中再次置身於久違的廢棄工廠裡。

與先前的夢境不同，這一次，安然很清楚知道正發生什麼事情，並沒有代入王家恆的角色與視角，而是以自己的身分，行走在昏暗的工廠裡。

此刻，安然正身處廠房的生產線，這個長方形房間足足佔據了這層樓的三分之二面積；順著生產程序，從產品的組裝至包裝，都在這房間進行。

只是大部分値錢的機械已在廠房關閉時變賣了，房裡只剩下一些破舊機器，以及堆放在一旁、還未完成的產品，全都積上一層厚厚的塵埃。

本應在廠房工作的工人、機器與產品均已不在，顯得這面積不小的房間更爲寬闊，也更加荒蕪。

阻隔在房間與外頭走廊的，是一整排大型玻璃窗。這是很多大陸廠房都會採用的設計，方便主管經過時，能清楚看見房內生產線的運作。

透明玻璃窗因爲長時間不曾清理，顯得有些模糊不清。但從房裡往外看，仍然能看見走廊的情景。安然看著四周熟悉的景色，回憶每次在夢中以王家恆身分行動時所發生的事情。

每次在夢境開頭，他便是在這條走廊上拚命奔跑，想要逃過身後人的追捕。

就在安然剛剛想起先前那不愉快的經歷時，房外便傳出斥喝的聲音。隨即他見到一名青年跌跌撞撞地在走廊上奔跑著，一臉慌張地逃跑。

是王家恆！

此刻安然看到的一切，與他先前在夢中發生的情況一模一樣。王家恆逃跑時不小心摔倒在地，隨著青年摔倒，他手上握著的、作爲唯一對外求救希望的手機「啪」地掉在地上，並滑行至一部舊機器底下。

下一秒，王家恆便被從後方追上來的幾個男人按在地面。即使如此，青年還是沒有放棄掙扎。

「可惡！他咬我！」

「按住他！」

「快替他注射鎮定劑！」

兵荒馬亂中，其中一個男人抽出注射器扎入王家恆身上，隨著藥物注入，王家恆的掙扎很快便靜止下來，被那些男人帶離現場。

安然知道，等待王家恆的，將是地獄。

心裡很清楚此刻所看見的，是已經發生過的事情，即使他衝出去也改變不了什麼，安然並沒有尾隨王家恆一行人，前往那間充滿恐怖回憶的手術室。而是伏在地面，尋找著摔落在地的手機。

他怎麼就忘了這支手機呢!?

其實這也怪不得安然，畢竟先前的夢境裡，被人追捕，以及看著自己被人活生生解剖的恐懼實在太強烈了，這兩個場景成了安然最深刻的印象。何況夢境才剛開始不久，代入王家恆角色的安然便摔倒在地，手機也隨之不翼而飛，緊接著便是遭人追捕，情況非常混亂。夢醒之後，就連那些追捕他的人都記不清了，更何況是那支小小的手機?

手機掉落位置很隱蔽，因此並沒有被追捕的人發現。閒置許久的空間裡，地面到處都是灰塵，但現在安然已顧不得這些，他趴下身子，伸出手想取出機器下方的手機，可惜手不夠長，最終只能作罷。

手機螢幕驅散了機械下方的黑暗，伏在地面的安然只能勉強看見手機呈現通話狀態，顯示的聯絡人姓名是「強子」。

此時，兩名男子來到這條走廊。二人談話的聲音雖然不算很大，但在寂靜的工廠裡卻非常清楚。

安然不知道夢境裡的人能否看見自己，但他還是立即蹲下，躲藏在機器後方。

「剛剛差點被他掙脫了，想不到那個小子看起來瘦削，力氣卻這麼大。」

「命都快沒了，他當然要拚命使勁掙扎啦……找到了，這就是他掉下來的東西吧？嘖，害我空歡喜一場，裡面的錢還不夠我們到夜店玩一晚。」原來王家恆摔倒時，除了手上的手機摔了出去，褲袋裡的錢包也在掙扎間掉在地上。

「還是找清楚一點吧，可別留下證據。」

「安啦，那小子可是被他老爸騙過來的，他又沒有其他親人，沒有人會關心他的生死。」

「也不知道前世造了什麼孽，竟攤上一個這麼絕情的老爸。」

兩人一邊討論，一邊愈走愈遠，安然眼睛眨也不眨地看著機器下方的手機。他記得手機摔出時，由於沒有人接聽而轉至語音信箱。現在留言時間已結束，手機閒置了好一會兒後便自動進入省電模式，螢幕也隨之熄滅。沒有手機發出的亮光，機器下方再度變成漆黑一片。

不知道那個叫強子的人的語音信箱……有沒有錄到這段對話？

想著一定要把這個重大發現通知白樺，安然轉身時被面前因爲貼得極近，而放得很大的臉孔嚇了一跳！

那是一個不到三十歲的男子，他有著一頭略帶凌亂的短髮，平凡的臉龐上，左邊嘴角有道小小的疤痕。安然一臉驚惶地與這個人拉開了距離，這才發現四周情景已經轉變，他正身處在昏暗的小房間裡。

見到安然逃開的動作，男子伸手拉住他，並發出淒厲的呼叫聲：「救我！」

隨即，安然便驚醒過來……

□

另一邊，被抓住的記者趙天宇，現在眞是連腸子也悔青了。

趙天宇是與陳清同期入行，並且在同一間報社工作的記者。近期陳清因爲接連挖到獨家新聞而被報社重用，這讓入行後一直鬱鬱不得志、深覺自己懷才不遇的趙天宇感到既羨慕又嫉妒。

結果，趙天宇開始鑽牛角尖，認爲他之所以一直無法出頭，都是因爲陳清搶走了他表現的機會。如果他也像陳清般好運，獲得採訪獨家猛料的機會，那麼他一定能夠做得比陳清更加出色！

雖然心裡非常妒恨陳清，但趙天宇面對陳清時，卻依舊把同期好友這個身分演繹得毫無破綻。以至於這麼聰明的陳清，也沒看出這個認識多年的好友，在心裡已經對她產生了諸多不滿。

其實這也怪不得陳清，畢竟她是憑著努力升官，又不是踩著別人出頭。她的成功並沒有直接影響到趙天宇，也沒有讓對方有任何損失，她又怎會猜到只因為自己的成功，便讓對方心生不滿呢？

因此這次當陳清喜孜孜地跟著白樺他們一起前往廣州的同時，也因為時間緊迫，而把調查王得全一事全交給趙天宇幫忙。

趙天宇知道陳清絕不會平白無故調查一個人，在調查王得全時處處留心，便讓他察覺王家恆的死似乎有古怪。畢竟他才剛死，王得全的病就馬上好了，時間上實在太過巧合。

於是陳清前腳一走，趙天宇便立即請了假尾隨過去，並且先一步前往陳清要他調查的王得全的那間廢棄工廠。

趙天宇之所以第一站選擇那間工廠，主要是因爲陳清特意要他調查出工廠地點。至於對方爲什麼要調查那裡、那裡又發生過什麼事情，趙天宇卻是一概不知。

於是，趙天宇便悲劇了。

他本來以爲目的地只是一間多年沒人使用的廢棄工廠，不用費多少工夫便能混進去。的確，趙天宇是很輕易進去了，然而還沒在裡面逛多久，便被犯罪組織留守在工廠的人抓住了。

雖然不知道那些抓住他的男人實際上是什麼身分，但看對方一臉匪氣，而且偷偷摸摸地待在已廢棄的工廠裡，趙天宇也猜得到那些人絕非善類。

那些人沒收了趙天宇的相機、證件與手機，並把他關在一間狹小房間裡。雖然暫時沒有對他造成什麼傷害，但也夠讓人害怕了。

被抓的趙天宇整夜不敢睡，只過了一夜，已變得憔悴不堪。

第二天一早，趙天宇的房門被打開來，易國豐在幾名彪形大漢陪同下，悠然步進房內。

被關了一天，早已被嚇壞、又倦又餓的趙天宇，看到終於有人出現，也顧不得害怕了，立即鼓起勇氣上前與對方周旋：「你……我記得你是王得全的助理？爲什麼要把我困在這裡？即使我誤闖你們的工廠，你們也不應該私下關我。」

趙天宇調查過王得全的資料，對他的助理易國豐也有些許印象。

可惜易國豐顯然不想與他好好溝通，只見男子拉過一張椅子坐下，隨即便向那些彪形大漢下令：「打他一頓，別出人命即可。」

「什麼!?等、等一下！」趙天宇聞言大驚。可惜那些人根本不理會他的懇求，揮起拳頭便往他身上狠砸！

等到這些人停手時，趙天宇已全身紫青，一臉鼻血，其中一條腿還被踹到骨折了。

那些男人拉住趙天宇的頭髮，將他拖至易國豐身前。易國豐面向椅背而坐，上身伏在椅背上，饒有趣味地看著一身狼狽的趙天宇：「好了，我們現在先暫停一下，你有什麼事要告訴我嗎？」

趙天宇本以爲易國豐至少會先向他問話，不合作才會對他暴力相向。沒想到他只說了一句，這個男人卻一副愛理不理的模樣，什麼也沒有詢問，直接開打。

如果說，先前趙天宇還有勇氣向易國豐提出申訴，那在易國豐的強橫手段下，趙天宇已沒有任何反抗的勇氣了。

易國豐看著趴在地上的趙天宇，眼神簡直就像看著螻蟻。只見他一身西裝挺拔，與一身狼狽的趙天宇形成明顯對比。

「我現在問你什麼，你老實回答便是。除了答話以外的廢話就不要多說了，我耐性不太好，明白嗎？」

聽到易國豐的詢問，早已被打怕的趙天宇立即點頭應允。深怕反應稍慢，又會換來另一頓毒打。

對於趙天宇的識趣，易國豐雙目泛起滿意的神色：「你爲什麼會進入工廠？」

趙天宇可不敢說謊，而且也沒有爲陳清隱瞞的意思。聽到易國豐的詢問，立即把陳清要求他調查王得全一事詳細道出。只是趙天宇說這番話時留了點心眼，對於他覺得調查王得全一事有利可圖，想先一步截取陳清成果而率先前來工廠的內情隻字不提。

趙天宇心裡已開始遷怒陳清，他覺得自己之所以會惹上這種事，完全是受到陳清的連累。要不是她要自己搜集王得全的資料，他也不會來到這間工廠，把自己陷於危險之中。

正因爲心裡恨上陳清，因此趙天宇一點兒也沒有爲對方隱瞞的意思。甚至還暗暗希望陳清也像他一樣落在易國豐手上，感受一下他現在所受到的苦楚！

趙天宇覺得既然自己是因爲陳清才這麼倒楣，那身爲罪魁禍首的陳清沒理由就能好過。

趙天宇卻不想想他之所以趕來這間廢棄工廠，是因爲自身的貪婪，想要截取原本屬於陳清的成就所致。

世上總有種人，永遠不覺得自己有錯，自己過得不好時，也看不得別人好過。

聽過趙天宇的話後，易國豐皺著眉思索起來。王家恆的事他們自認做得很隱密，應該沒有什麼破綻。雖然不知道那個叫陳清的記者爲什麼會忽然盯上王得全，但她既然能把焦點放在這間工廠，也就是說，這個女人知道的東西必定不少，她的存在已構成了威脅。

易國豐看向趙天宇一眼，心想不止陳清，這個人也絕對留不得。

自從與王得全合謀害死王家恆後，易國豐便彷彿打開了某種開關，把人命看得很輕，也不再害怕殺人犯法這種事。反正這個世界上，每天失蹤人口這麼多，只要做得隱蔽一點就沒問題了，總比威脅過人後放虎歸山來得可靠。

不過在弄死趙天宇以前，易國豐決定把他殘餘的價值好好利用一番。於是一改先前冷漠的模樣，和顏悅色地對他說道：「我明白了，這事情歸根究柢都不算是你的過錯。既然如此，我們可以不追究你闖入工廠的事，但爲免往後再有人闖進這裡，你要幫我約陳清出來。我與她好好談一下後，便會放你回去。」

不知道已經被易國豐判了死刑的趙天宇，立即向對方表達出他的順從：「好的！我一定會把陳清找來，到時候……你眞的會放我走，對吧？」

易國豐對趙天宇貪生怕死的模樣輕蔑不已。雖然他也不是什麼好人，但誰也不喜歡會在朋友背後捅刀的人。只見易國豐冷冷反問：「你還有選擇的權利嗎？」

趙天宇立即不敢作聲了，他相信如果他敢說出一個「不」字，易國豐絕對會把他分屍，丟進海裡餵魚！

異眼房東の日常生活

第七章・槍戰！

就在易國豐審問趙天宇的同時，被惡夢驚醒的安然在可憐的小心臟從驚嚇中恢復過來後，見時間不早了，便沒有再睡回籠覺，起床梳洗後到二樓早餐自助吧與昆西及陳清會合。

這間酒店的早餐時段從早上六時至十時，安然到達餐廳，看見比他早到的昆西已找了一個鄰近窗戶的位子，拿了一碟食物大快朵頤中。

安然先繞了一圈，取自己喜歡的食物，回到昆西的座位時，精神與安然一樣有些委靡不振的陳清正好到來。

「清姊，妳昨晚睡得不好嗎？看起來很沒精神。」

聽到安然的詢問，陳清挑了挑眉：「你還好意思說我，先照鏡子看看自己的樣子吧！等等！難道昨晚王家恆眞的在房間出現了嗎？」

「唉，他沒有出現，不過也差不多了……」安然嘆息著坐下，邊吃著早餐，邊把昨天晚上的夢境告知二人。

昆西聽得雙眼發亮：「這個能力還眞厲害！安然，你可以夢見下期彩券的號碼嗎？」

安然翻了一個白眼：「我這是被鬼魂託夢，是被動能力懂不懂？又不是我自己眞的有超能力。」

陳清聽過安然的夢境後同樣興奮，不過她關注的重點卻與昆西不同：「太好了。如果王家恆的手機還在，找到後便可作爲重要的證據。運氣好的話，說不定剛好有把那兩個男人談論王家恆時的對話錄下來。」

對陳清來說，這案件能否破案，關係著她能不能順利獲得第一手猛料！

如果能拿到那支手機，至少王得全殺害兒子一事是跑不了了。

安然點點頭：「我打算告訴白警官這件事，到時大家再商議該怎麼辦。」

陳清興致勃勃地說道：「還有那個在手機螢幕上看見的『強子』，我可以先叫同事查一下，到時再一併告訴木頭。」

陳清的提議，安然與昆西沒有異議。於是她先打電話給同事：「喂，阿哲？我是陳清，麻煩幫我把電話轉給趙天宇。嗯？他請假了？難怪昨天都找不到他。沒關係，那你幫我查一些事情，先前請趙天宇幫忙調查的王家恆，查一下他的身邊有沒有一個叫『強子』的朋友……」

向同事交代了任務後，接下來陳清便打了一通電話給白樺，然而白樺的手機卻一直沒有人接聽。陳清轉而打給顧東明，青年小聲解釋白樺正與大陸警方開會，不方便接電話。於是陳清便將安然昨晚的夢境告訴顧東明，讓他把事情轉達給白樺。

就在陳清掛上電話的下一瞬間，手機卻忽然響起。陳清看了看來電顯示，接通手機詢問：「喂，趙天宇？」

「嗯，是我，陳清，我現在在王得全的那間工廠裡，發現了很重要的線索！」

「什麼!?你怎麼會跑到那裡去!?」陳清被趙天宇突如其來的話驚呆了。

「抱歉……妳先前叫我們幫忙調查王得全，我覺得這間工廠應該不簡單，所以便過去看看了。」

「趙天宇！我們共事多年，你竟然想要攔截我的成果!?」陳清不傻，聽到這，哪還不知道發生什麼事？

「我承認是我不對，但我現在不是打電話給妳了嗎？陳清，我只是想在這次的報導中加上我的名字而已，並不是想要搶妳的成果，不然現在就不會打電話給妳了。」

「好吧，我暫且原諒你。那你找到什麼線索了？」

「這個一言難盡，電話裡不好說，妳現在方便過來嗎？」

陳清冷哼了聲：「這次的事情我先記著，你最好祈求你發現的線索夠稀罕，能夠掩蓋我被同事背叛的怒火。」

看到陳清掛上手機後，一直旁聽二人對話的安然立即詢問：「怎麼了？出了什麼事？」

陳清怒氣沖沖地說道：「是同事打來的電話，那傢伙竟然先我一步前往王得全的工廠調查，還找到了很重要的線索，這才打電話叫我過去看看。我這次算是看清楚趙天宇這個人了，雖然早知道他不務正業、又喜歡鑽營，沒想到竟然還用這種旁門左道來搶功勞。照我看來，他這次叫我過去也未必安什麼好心。一定是有些事情他自己弄不好，才打電話叫我幫忙吧！」

安然也很討厭這種同事之間互搶功勞的骯髒手段，要是工作上都遇到這種功利心大於一切的伙伴，這份工作要怎樣做下去呢？

不過事情涉及王得全，安然對那個趙天宇不屑歸不屑，也不敢感情用事地不予理會：「那我們吃完早餐後，就出發去工廠與他會合？」

陳清點點頭，手上握著的叉子狠狠插入面前的麵包上，忿忿不平地道：「我要他得到什麼利益都給我吐出來！」

一旁的昆西則皺起眉頭，提出反對意見：「我總覺得這件事有點不對勁，要不還是等白樺有空時再與他商量一下，決定是否前往工廠吧。」

陳清聞言立即不贊同：「也不知道趙天宇說的線索是什麼，要是爽約，難保那小子眞的自己單幹。安啦！那間工廠荒廢了那麼久，要不是木頭說害怕打草驚蛇，我早就想過去看看了。既然現在趙天宇已先行過去，若眞的驚動到王得全也已經驚動了，不差我們過去湊湊熱鬧吧？」

見昆西依舊一臉不贊成的樣子，本已被趙天宇激得心情很差的陳清，更是無名火起，道：「算了，要是你眞的不願意去，那我們自己過去吧！安然你呢？陪不陪我？」

雖然安然也覺得趙天宇的行爲有點奇怪，但他快被接連的惡夢逼瘋了，並不想放過任何線索。何況趙天宇既然在工廠那邊，至少代表那裡是安全的。而且安然不放心陳清一個女生過去，便點頭道：「清姊，我陪妳去吧。」

陳清高興地拍了拍安然的肩膀：「真乖，不枉我那麼疼你！」

見陳清心意已決，昆西嘆了口氣，道：「我明白了，我和你們一起去吧。」

三人吃完早餐、駕車前往工廠途中，安然手機突然響了起來。

看著來電顯示的名字，安然瞪大雙目、一臉訝異，隨即心虛地手一滑，不小心便按上了「拒絕接聽」。

「！！！」

死了死了！這次死定了！

安然清楚感受到，來自宇宙的深深惡意！

還未待安然想好應對方法，手機再度響了起來。安然看著手機螢幕發呆，完全不想接聽啊！怎麼辦？

偏偏電話那頭就是不斷線，大有一種安然不接便誓不罷休的氣勢。最終安然還是深吸口氣，按下了接聽鍵。

「安小然！你竟然掛斷我的電話!?你死定了！」

自知理虧的安然，一臉心虛地打著哈哈：「抱歉，一時手滑。阿俊，怎麼想到打電話給我，我正忙著呢……」

「忙著與人家犯罪組織硬碰硬嗎？」

安然停頓了三秒，才小心翼翼地試探著反問：「什麼？」

「別想瞞我了，劉天華不小心說漏嘴，我和二哥都知道了啦！」林俊冷笑道：「安然，你腦袋被驢踢了嗎？你以爲自己是誰？警察嗎？超人嗎？救世主嗎!?」

聽著林俊暴怒的咆哮聲，安然都想哭了……都是劉天華那個豬隊友的錯！

這還是安然第一次感受到林俊這麼強烈的怒意與殺傷力，才知道先前與林俊的爭執都是小打小鬧，原來這傢伙生氣起來那麼可怕。即使隔著電話，也覺得特有氣勢啊！

電話另一端，林俊繼續咆哮：「你覺得我現在可怕嗎？」

安然連忙點頭。

「說話！」可惜林俊看不見他的動作，聽不到回答便繼續吼。

「可怕……」而且還不是一般的可怕……（QAQ）

「我告訴你，二哥只會比我更可怕！他今天一早已經出發前往廣州了，你自己好自爲之吧！」說罷，林俊不待安然答話，便把電話掛斷。

由於林俊的咆哮聲實在太大了，車內的陳清與昆西都清楚聽到二人的對話內容。陳清拍了拍安然的肩膀，道：「一路好走。」

安然聞言後，本已很糾結的表情變得更苦了，陳清見了很不客氣地哈哈大笑起來。

於是三人便在陳清歡樂、安然糾結、昆西看好戲的詭異狀況下，來到了與趙天宇約定的廢棄工廠。

心知如果告訴白樺他們將前往工廠找趙天宇，對方一定不會允許。因此陳清只用手機傳了訊息，告訴白樺他們先行前往工廠調查。至於正在開會的白樺什麼時候會看見這則訊息，便不在陳清關注的範圍了。

安然看著這個明明第一次踏足、卻熟悉無比的地方，不由得想起在夢境中的經歷。

那些夢實在太眞實了，安然到現在仍然清楚記得在這間工廠裡被人追捕時，是怎樣的驚恐與絕望。

「安然？」陳清看著面色發白的安然，擔憂地拍了拍他的手臂，這才驚覺對方身上全是冷汗，手臂像冰般寒冷，這才覺得大事不好：「怎麼了？你別嚇我……昆西，怎麼辦？」見陳清如此惶恐的表情，安然勾起嘴角，想要給對方一個安撫的笑容，可惜無論怎樣看，這個笑容都透露著強顏歡笑的意味。安然也想不到，那些夢境對他的影響竟然這麼大。

不過想一想其實也不意外，任誰曾經「死」了那麼多次，重臨被殺死的地方時，也必定無法做到無動於衷吧？

陳清轉向身旁的昆西，卻見男子像一頭驚覺危險的野獸般，四處打量附近的環境：「先不要進去，這裡有點奇怪。」

聞言，被安然狀況嚇了一跳的陳清，更加不安起來：「剛才還好好的，怎麼一來到這間工廠，你們都變得那麼古怪？到底怎麼了？趙天宇還在裡面等著呢！」

安然因爲置身熟悉的環境而不由自主回憶起昨夜的惡夢，再加上正好聽到陳清話裡提及趙天宇，讓他突然想起昨晚那個與先前夢境都不一樣的惡夢。

在夢境的最後，一個陌生的、臉上帶傷的青年一臉驚惶地向他呼救。

那是個安然不認識的陌生人，雖然他覺得那個人會出現在夢境裡，應該是有著很重要的身分，可是細想下卻仍是毫無頭緒，最終他便不再糾結，暫時放下這件事情。

然而在陳清說出趙天宇的名字時，安然這才想起，昨天不正好出現了一個陌生人，並且很巧合地與這件事牽扯上關係嗎？

更巧的是，他昨晚夢到陌生人，今天早上對方便來電邀請他們到工廠裡，說有要事商談……

想到這裡，安然硬是壓下心裡的恐懼，拍拍臉頰，要求自己振作起來。

「清姊，那個趙天宇是不是一個看起來有點不修邊幅，左邊嘴角有道小小疤痕，年紀大約不到三十歲的青年？」愈來愈覺得事情絕非巧合的安然，略帶焦急地想要證實自己的猜測。

聽過安然的形容，陳清訝異地反問：「對，你認識他？」

安然搖頭，臉上神色益發焦慮：「不，清姊還記得我今早和妳提到的夢境嗎？昨晚我作了一個與先前不同的惡夢，在最後向我求救的那個陌生人，正是我剛剛形容的模樣。我懷疑夢裡的那個人是趙天宇。如果……如果我在夢中所見的情景是真的，那他的處境似乎很不妙，說不定在調查工廠時發生了什麼事情。」

聽到安然的話，陳清也覺得事情有古怪：「那我再打個電話給他……」

「不。」一直很好說話的昆西，難得態度強硬地說道：「我們先離開！」

感覺到昆西不容置疑的態度，陳清猶豫片刻後點了點頭，便要轉身回到車上。

偏偏就在三人轉身離去之際，陳清的手機卻響了起來。

看了看螢幕上的顯示，陳清道：「是趙天宇。」

安然皺起眉頭，回首張望看似空無一人的工廠：「有沒有那麼巧？我們才剛轉身離開，他的電話便來了？」

聽到安然這麼說，陳清也覺得事情未免太巧合了點。昆西則道：「聽聽他說什麼。」

沒了那種在美人面前表現出來油嘴滑舌的花花公子架勢，昆西整個人變得意外強勢，一種令人信服的可靠感油然而生。

陳清依言按下接聽鍵，還設定成擴音模式，讓身旁兩人也能聽見她與趙天宇的對話。

「陳清，我看見你們了，怎麼不進來？」

聽到趙天宇的話，眾人抬頭細看，這才看見三樓窗旁有一道人影，正一手拿著手機、一手向他們揮手。但因爲距離有點遠，再加上逆光，他們看不太清楚對方的模樣。

陳清問：「你早就看到我們了嗎？怎麼不下來？」

有了懷疑後，只要仔細一想，很多本來察覺不到的事情都讓人感覺到不對勁。例如趙天宇約他們在工廠見面，即使不在大門等，看到陳清等人到來，理應也會迎上前來的吧？

陳清想到安然描述的夢境，那個疑似是趙天宇的人的慘狀，再想到這間工廠曾是犯罪集團用來奪取器官的地點……會不會，那個犯罪組織一直有安排人手留守在工廠裡，而前來調查的趙天宇正好踢在鐵板上？

會不會，趙天宇眞的遇上什麼事，結果身不由己，就連離開工廠來找他們也辦不到？

愈想，陳清等人愈覺得此刻的狀況並不簡單。

就在陳清等人對趙天宇產生懷疑之際，身處三樓的趙天宇也在暗暗叫苦。他不是不想下去，只是他心裡很清楚，即使是爲了取信陳清，易國豐也不會輕易放行。更何況他身上都是傷，臉上更是滿布紫青，還未消腫的可憐鼻梁又紅又腫，一看就知道不久前才經歷過一陣毒打。

要是讓陳清他們看見自己此刻模樣，趙天宇肯定他們一定二話不說扭頭便走！

趙天宇戰戰兢兢地偷瞄了一眼坐在旁邊、一直聽著他們對話的易國豐。短短一個早上，他便對這個冷酷殘忍的男人完全生不出任何反抗心思，甚至還生出了深入骨髓的恐懼。要是做不好他的吩咐，趙天宇也不知道對方會怎樣對付自己。聽出陳清話裡的懷疑，趙天宇略帶慌亂地道：「我……我不方便下去，陳清，你們上來吧。」

聽出趙天宇語氣不穩，陳清更加覺得事情詭異：「趙天宇，你到底有什麼事情瞞著我們？」

感覺到陳清的不信任，再加上自身安危還受到致命威脅的狀況下，趙天宇終於承受不住壓力，崩潰了：「陳清！我他媽的叫妳上來啊！妳別說那麼多廢話！妳上來好不好？算我求妳，妳上來吧！」

陳清聞言正要詢問，昆西卻拉扯著她的手臂，加快了前進的步伐：「先回車上再說！」

安然與陳清愣了愣，見到昆西一臉凝重，也不敢說什麼，舉步便往汽車走去。

就在此時，昆西突然撲出把陳清壓在身下，在女子的驚呼聲中，「嗖嗖」兩聲微弱的聲音傳來，陳清看到她旁邊的水泥地面上竟出現了兩個彈孔！

陳清一直認爲自己是個很堅強的女性，然而初次與死亡擦身而過，她實在嚇壞了。這才發現在面對生命威脅的情況下，她根本什麼事情也做不了。

此刻陳清萬分後悔當初沒有聽昆西的阻勸。她到底是怎麼的鬼迷心竅，爲什麼會相信趙天宇這個人渣的話呢!?

昆西把陳清護在身下，迅速拿出手槍。他的手槍同樣裝了消音器，但開槍時的細微聲響，聽在陳清耳中卻如驚雷一樣。

這是眞槍啊！

第一次看到槍戰的小老百姓傷不起！

在旁看著護住陳清，且不甘示弱地掏出手槍反擊的昆西，安然大張的嘴巴都可以塞下一顆雞蛋了。

喂喂喂！大陸應該和香港一樣，攜帶槍械是犯法的吧？你們這些人掏槍出來使得毫無顧忌，眞的沒關係嗎？

而且還全都裝了消音器，有沒有這麼專業啊？

被昆西護在身下的陳清由於視線受到遮擋，並不知道昆西有沒有擊中攻擊他們的槍手，但見再也沒有子彈射過來，心想應該算是安全了吧？

這個想法才剛浮現，陳清還沒來得及鬆口氣，便看到數十名凶神惡煞的男人，拿著西瓜刀從工廠跑出來！

陳清完全嚇呆了，被動地被昆西從水泥地上一把拉起，隨即被男子粗魯地塞進車裡。當昆西開著車衝出重圍時，陳清才醒覺過來，驚呼：「等等！安然呢？你把他丟下了？你怎麼可以這樣做!?」

昆西從後照鏡看著後頭窮追不捨的車輛，怒吼：「閉嘴！有時間抱怨，倒不如打電話向白樺求救！」

昆西顯然是氣急了，不光連木美人也不叫了，對陳清的態度更稱不上溫和。

陳清也分得清楚事態緩急，現在回頭不只救不到安然，反而會把他們賠進去，因此雖然心裡對於昆西丟下同伴的舉動很不滿，但還是依言打電話向白樺救助。

陳清卻不知道，以昆西的身手，其實要折返回去救安然也不是不行。但一來昆西只有一人，在數十人圍攻，再加上對方還有手槍的狀況下，昆西無法百分之百確保陳清的安全。二來，便是剛剛昆西之所以留下安然，實在是另有內情。

先前陳清被昆西護在身下，她身處的角度看不見，但一直關注著安然安全的昆西卻看得清楚，就在那數十人拿著西瓜刀衝出來時，原本站在一旁的安然突然平空消失了！

昆西親眼看著安然消失，縱使他身為一名傭兵，去過不少地方、見過很多奇人奇事，但仍覺得安然的消失非常不可思議。

看到人不見了，昆西也沒有花時間尋找，而是當機立斷地帶著陳清離開。他總不可能在槍林彈雨下，領著沒有自保能力的陳清去找一個平空消失的人。這種情況下，逃出去求救才是上策！

異眼房東の日常生活

第八章・焦炭君現身

「昆西！他們開著車子逼過來了！」陳清的尖叫聲拉回了昆西的思緒。

昆西聞言卻沒有表現出絲毫慌亂。雖然他總是一副吊兒郎當的樣子，但其實身爲傭兵，他的職業能力還是沒話說的。早在接手這份保鑣工作時，昆西便已把陳清與安然來到廣州後，可能會去的地方全都了解了一遍。

在敵人車輛逼過來的同時，昆西腦海中迅速浮現出前往市區的路線，瞬間便猜測到這些人到底在打著怎樣的如意算盤。

前面有一段連續的幾個急彎、臨近懸崖的山路，那裡是這區非常出名、經常發生交通意外的地點，常有汽車在轉彎時煞車不及，結果撞破防撞護欄，衝落崖底。

那些人大概是想在他們的車駛入急彎時，將他們逼下懸崖吧？

「清清，妳會開車嗎？」面對著威脅生命的危機，昆西卻依舊一臉遊刃有餘。

看到陳清搖搖頭，昆西笑道：「不懂也沒關係，妳幫我扶一下方向盤，很簡單的，我很快就好。」

說罷，不等陳清答應，昆西便放開了方向盤，掏槍射向旁邊的車輛！

坐在副駕駛座的陳清被昆西的動作嚇了一跳，只得趕鴨子上架地扶著方向盤，幸好昆西並沒有食言，迅速解決對方司機後，立即接回駕駛的活兒，讓心臟緊張得快要停頓的陳清鬆了口氣。

昆西本來已做好被陳清抱怨一番的準備，誰知這個素來不算好說話的女子，在遇上大事時卻非常理智，雖然看出她對自己突如其來的舉動很不滿，但並沒有因此耍小脾氣。

看到這樣的陳清，昆西突然覺得心裡某個地方彷彿被擊中了一樣。酸酸甜甜的，柔軟得一塌糊塗。

難道，這就是戀愛的感覺嗎？

「清清，妳把後座那個黑色旅行包拿過來，然後取出放在內格裡面的東西。」對陳清的好感瞬間昇華至戀愛程度，昆西神差鬼使下，忽然很想知道陳清在看到旅行包裡的東西時，到底會有怎樣的反應。

陳清依言把旅行包拿過來，把東西取出來時，她都不知道該做怎樣的反應了。竟然是手榴彈呀喂！手槍就算了，還有沒有更誇張的!?

彷彿看不見陳清臉上精彩的神情，昆西逕自教導對方怎麼使用這些手榴彈，並指示她在下個急彎，拔出手榴彈的保險拉環，丟向尾隨著他們的車輛。

「好啦，清清，我可是把小命交付到妳的手裡了，好好幹！」

昆西的話讓陳清從震驚中恢復過來，也沒有多少時間讓她驚訝下去了，時間不等人，很快他們便迎來了第一個急彎。

果然如同昆西的猜測，對方趁他們轉彎時，突然加速向他們攔腰撞來！

「就是現在！」昆西吼道。

陳清連忙拔出保險拉環，用力將手榴彈往敵方汽車丟過去！

只是短短幾秒，在陳清眼裡的一切卻彷彿成了慢動作一樣，清晰無比。

她看著手榴彈在半空劃出一道拋物線，然後落在後方追趕而來的兩輛車之間。

隨即伴隨著爆炸聲，手榴彈爆炸引發的火光，讓陳清不禁閉上了雙眼。

原本手榴彈爆炸的威力還不至於同時破壞追擊的兩部汽車，偏偏那時候對方都在加速，想要把昆西他們撞下懸崖，結果被手榴彈的爆炸一影響，汽車便偏離了原本的路線，最終還很倒楣地撞在一起。

當陳清再度睜開雙眼時，看到的便是兩輛追擊的汽車，一輛車頭撞入岩壁、一輛四腳朝天地反轉了，地面上都是車輪劃出的明顯煞車痕，以及手榴彈炸出的燒焦痕跡。

陳清呆呆地看著距離愈拉愈遠而變小的車禍現場，不確定地詢問：「這是……我做的？」

昆西一手控制著方向盤，一手拍了拍陳清的頭顱：「嗯，幹得不錯！」

獲得昆西的肯定，陳清也從自己剛剛的豐功偉業中反應過來。女子伸出手，對著車後的車禍現場很不雅地豎起了中指，一副傲慢自得的表情：「敢與老娘鬥？活該！」

□

就在陳清二人駕車逃脫時，易國豐正站在三樓的窗戶旁，神色惱怒地彎腰撿起倒臥在血泊中槍手的手槍。

看著抱頭蹲在地上發抖的趙天宇，易國豐憤怒地拉起他，厲聲質問：「你不是說你那個叫陳清的同事和同行的朋友只是些沒有背景的普通人嗎？爲什麼跟他們一起過來的外國人會有手槍!?」

見易國豐冷靜淡然的面具，在陳清他們逃走後終於崩裂，趙天宇卻完全不敢表露出任何幸災樂禍的神情。應該說，在生命備受威脅的狀況下，他也已經沒有空閒去想這些有的沒的。「我、我不知道啊！陳清就只是個普通人，也應該不認識什麼有權有勢的朋友吧？至於那個外國人……我也不知道他是誰……我已經按照你的要求把他們騙過來了，求求你放過我吧！」

易國豐冷笑道：「我放過你，又有誰會放過我呢？」

這次他以爲來的只是普通人，想說準備數十人圍堵，一定能把他們手到擒來。怎料卻出現了一個不知底細的紅毛，不單一出手便把他們的槍手幹掉，還帶著那女記者突圍而出！

要是這一次搞砸洪爺交代的事情，不要說是正式加入成爲洪爺的手下了，有沒有命留下來都還是未知數呢！

現在最重要的，便是亡羊補牢，把逃走的兩人抓回來……等等！二人？

易國豐詢問站在身旁、洪爺派給他的手下：「不是還有一個叫安然的青年嗎？人在哪裡？」

其中一人道：「他們進入工廠時的確是三個人一起出現，但那個青年在混亂中卻不見蹤影。只可以肯定他沒有和同伴一起上車逃脫，但人是什麼時候消失的卻沒有注意到……應該是趁亂走進工廠裡了。」

易國豐罵：「真是沒用！那麼多人看著，竟然也能夠把人弄丟。多派點人手搜索工廠，務必把人找回來！開車離開的兩人也不能放過，就按照以往的做法，在山路上把他們的車子逼下去，偽裝成意外事故吧。」

手下點頭：「放心，這方面我們已經安排了。」

說罷，易國豐再也不看趙天宇一眼，淡然說道：「這個人交給你們處置，有用的東西可不要浪費。」

幾名手下聞言，便上前把趙天宇拖出去。趙天宇雖然不知道易國豐想把他怎麼樣，但看對方對他的態度，怎樣也不像是好事，只得連連求饒道：「求求你們放過我，我可以給你們錢，離開後也絕對不會把這裡的事情說出去！」

易國豐完全不理會趙天宇的哀求，在對方被拖出去後，男子隨即下令：「察看工廠的監視系統，看看那個青年到底躲到哪裡，給我把人找出來！另外以防萬一，解決趙天宇後，把這裡的東西收拾乾淨，立即遷移到其他據點！」

洪爺的手下雖然都是些亡命之徒，但在紀律方面卻不差。聽到易國豐的命令後，留在工廠的人馬便依言散開，負責各自的工作。

易國豐頭痛地揉了揉太陽穴，嘆了口氣，舉步就往監控室走去。

這間工廠雖然已經廢棄，但自從王得全爲表達出合作誠意，把它當作其中一個交換條件送給洪爺，成爲組織摘取與販賣活體器官的其中一個據點後，原本的監控系統被洪爺果斷廢除，換成了一個高端大氣上檔次的新式系統。不敢說整間工廠所有角落都能掌控到，但也差不了多少。

易國豐暫時管不著駕車逃逸的一雙男女，那就只能先從消失的那個青年著手。走進監控室後，他便詢問：「找到那個人了嗎？」

檢視監控系統的男子指了指其中一個螢幕，道：「找到了，已經讓人過去。不過……」

易國豐挑了挑眉：「怎麼了？」

男子輸入了一個時間，正是雙方發生槍戰的時間點。隨即男子按下播放鍵，便見螢幕突然變成一堆雪花，一秒後，本來身處工廠門前的安然卻已不見了。

男子指了指三樓走廊的螢幕：「看。」

易國豐順著男子的指示看去，在雪花出現前還在門前的安然，突然出現在三樓！

這是什麼？瞬間轉移嗎⁉

隨即易國豐便因腦海中生起的荒謬想法失笑了，心想怎麼可能，大概只是監控系統故障了吧？

想到這裡，易國豐便無視了這個「小故障」，冷聲說道：「別再理會這有的沒的，現在最重要的就是把人抓出來。」

男子聞言點了點頭，便把螢幕再次調回監控畫面。

只見那個名叫安然的青年，正在三樓昏暗的走廊中小心翼翼地前進著。同時另一個螢幕裡，他們派出的人馬已步入電梯，正在前往三樓的途中。

當工廠突然傳出槍聲，安然也被嚇呆了。直到昆西很戲劇性地跟著掏出槍枝，安然才剛在心裡吐槽在這個年代連小混混與花心保鑣都能拿著槍枝到處跑，就突然看見四周出現了無數黑影！

安然並不知道這些黑影到底是什麼，它們有著人的形態，卻一團黑地看不出容貌。這些黑影一出現，四周便變得很冷、很安靜，隨即他耳邊開始浮現愈來愈大的耳鳴聲。

安然想要呼救，卻發現他連叫也叫不出聲；想邁步逃跑，然而雙腿卻像灌了鉛似地完全無法挪動，最終只能眼睜睜看著那些黑影淹沒他。

尖銳的耳鳴聲刺得他頭痛，被黑影淹沒的瞬間，安然只覺得渾身冰冷，眼前一片漆黑。

同時，不知是否受到那些黑影的影響，安然的情緒明顯變得低落，彷彿人生只有絕望，甚至對於現在發生在他身上的到底是什麼事情，竟然完全生不出任何探究的心思……

發生了什麼事都沒關係了。

人活著到底爲了什麼呢？

生活眞的好累……

像我這種人，爲什麼還活在世上呢？

就在安然幾乎快要失去求生意志時，那些包圍著他的黑影倏地散開。重新接觸光線的安然不適地瞇起雙目，想起剛剛在腦海裡突然浮現出的陰暗想法，不禁嚇出一身冷汗！

剛才他竟然被充斥在腦中的灰暗思想影響，生出輕生的念頭？

如果不是那些黑影自動散去，也許他已經動手、主動了結自己的生命了！

安然心裡慶幸著那些黑影並沒有趕盡殺絕，只是接觸了他一會兒便自行離去，在適應了光線後環視四周，卻陷入了更大的驚嚇中——

這熟悉無比的環境，不正是在夢中所見的走廊嗎？

可是，剛剛他只被黑影包圍了數秒，難道就在這短短時間，這些黑影就把他整個人移動到工廠內？

安然對於這個猜測只感到不可思議。可是除了這樣想，他實在找不到有什麼理由能夠解釋現在發生的事情。

樓下傳來喝斥聲，以及汽車發動的聲響。安然神色一凜，想起被黑影轉移前他們正遇上槍手攻擊，便立即衝至窗戶往下看去，正好看到昆西的汽車衝出重圍，而後面還有兩輛汽車追了出去，地面上則是數十名拿著長刀的男子。

看到那些一臉匪氣的刀手，安然連忙退離窗戶附近，以免被他們發現。

隨即安然拿出手機，嘗試聯絡外界。然而無論是撥打白樺還是顧東明的手機，都只能聽到一陣刺耳的耳鳴聲，彷彿突然出現一股力量，隔絕了這裡與外界。

安然只得放棄向外聯絡的念頭，同時努力讓自己冷靜下來，可惜無論怎樣催眠自己要振作也是收效甚微。安然現在滿心徬徨，同伴都不在身邊，又莫名其妙地轉移至敵人的大本營裡，這種始料未及的神展開他hold不住啊！

夢境裡，安然曾在這條走廊逃跑了一遍又一遍，現在即使閉上眼睛，他也能夠在這裡暢行無阻地活動。

安然心裡想著，既然現在敵人都忙著追捕陳清與昆西，沒有人有時間管他，那他便趁著這個機會，去把焦炭君那支遺留在機器下的手機找出來吧。

昏暗的走廊很安靜，就連腳步聲與呼吸聲都清晰可聞。

安然邊走，邊為自己打氣。

我可以的，既然已身處工廠裡，沒理由放過這大好機會。

只要一拿到手機，便立即找機會離開。

現在那些人都忙著追捕昆西他們，誰也沒空理會我。

我現在是安全的……

邊為自己打氣，安然邊順著記憶中的路線前進，果然在一部機器底部看到了王家恆遺留的手機！

有了上次夢裡手臂搆不著手機的經驗，這次安然取了一根廢棄鐵枝作工具，總算從機器下面把手機取了出來。

經過那麼長的時間，手機毫不意外地早已沒有電。就在安然拍著黏滿灰塵的衣服、從地面爬起來時，寂靜的工廠裡隱約傳來急亂的腳步聲，安然頓時心感不妙。

那些人追上來了嗎？

他們怎會知道我在這裡?難道這間工廠的監控系列仍在運作!?

安然連忙把手機放進口袋裡，他不知道設置在工廠內的監視器到底有多少，也不清楚鏡頭在哪，更加不知道對方掌握他的動向至什麼程度。現在他首先要做的，便是在被人堵在這房間前，立即撤離!

易國豐看著從房裡逃竄出來的安然，臉上露出一種貓捉老鼠般的笑容，對著電話說道:「目標朝樓梯方向跑去，派人在那邊把他攔截下來。」

就在易國豐將安然視爲甕中之鱉、青年快要無路可跑之際，映照著安然一舉一動的螢幕突然變成一片雪花，那情景就像安然消失時、監控系統出現的幾秒故障一樣。

安然並不知道監控系統出了問題，他正在長長的走廊逃跑著，趕著想要在敵人圍堵他以前離開這層樓。偏偏當他跑至樓梯時，卻見那兒跑出了數名拿著武器的男子。

完了!被前後包圍了!

安然心裡生起無力與絕望，恍然間，彷彿與當時在工廠內逃亡的王家恆重疊。

在夢中，他也是如此驚恐、如此不甘！

難道自己也將與王家恆一樣被那些人抓走，還要被他們拿走有用的器官斂財嗎？

不！絕對不行！

就在無路可退的安然決定與這些人對抗到底之際，一陣突如其來的耳鳴聲讓安然下意識摀住耳朵。

嗡嗡的聲響讓他難受得皺起眉頭，隨即青年感到工廠內的氣溫不知何時驟降，本來因奔跑而熱流浹背，現在雙臂卻起了一層雞皮疙瘩。

就在安然邊因氣溫下降而顫抖著、邊警惕地注視著眼前的敵人時，便見一個個黑色人影緩緩從四面八方飄然而至，牆壁、玻璃窗與機器完全無法阻止它們的前進。這些黑影在安然驚駭的注視中，迅速淹沒了那些站在安然身前的男人。

「那個小子呢？怎麼突然不見了!?」

被黑影包圍著，那些拿著武器的男人突然看不見原本站在他們身前的青年！

從黑影與黑影之間的狹縫中，安然看到那些人像無頭蒼蠅般東張西望，明明自己就站在他們身前，可是對方卻看不見。

難道是因爲那些黑影，讓他們看不見自己的存在嗎？

工廠除了貨用電梯，就只有兩端的樓梯可以上下。偏偏這些突然出現的詭異黑影，以及被它們包圍著的敵人正身處於電梯與其中一道樓梯前。安然也不知道該繞過他們向前走，還是該轉身走另一道樓梯？

就在安然裹足不前之際，其中一條黑影逐漸變得清晰起來，隨即變成他熟悉的容貌。

是王家恆！

見王家恆的鬼魂轉身踏上樓梯，彷彿想要叫安然跟隨似的。安然看著亂糟糟的一群人，鼓起勇氣邁開步伐越過他們，並快步追上離開的王家恆。

安然不知道的是，在監控室的易國豐等人，此刻正處於慌亂之中。

原本易國豐一直透過螢幕監視著安然的一舉一動，然而就在他們終於堵住青年之際，螢幕突然沒了畫面，變成一片雪花。

過了數秒，當螢幕上重新顯示出三樓的情況時，易國豐他們卻突然希望監控系統就這麼一直壞下去好了。

只因爲他們看到螢幕上出現了很多黑色人影，這些人影包圍著他們的人，整個畫面令人毛骨悚然！

「鬼……有鬼！」

聽到部下的驚叫聲，易國豐這才回過神來。他想起王得全曾說過，這間工廠的前身是精神病院，轉賣給王得全後才改建成工廠。結果工廠在施工時頂層不停出現工安意外，結果那個樓層只得保持原貌。即使如此，改建爲工廠後還是不停出現鬧鬼現象，因此才廢棄了下來。

難道工廠鬧鬼的傳說是眞的？可是洪爺的人留守在這裡那麼久，也沒有發生過什麼事情啊？

螢幕中的影像雖然讓易國豐心裡發毛，但他仍強硬說道：「這只是監控系統的殘留影像，世上哪有這麼多鬼？我只知道這次的事情辦不好，我們眞的要變成鬼了，洪爺是不會放過失職的手下的！」

手下聞言，心頭一凜，即使再害怕，也只能硬著頭皮坐回座位裡。

易國豐看到派出去的人，在黑影包圍下彷彿完全看不見站在他們身前的安然，便嘗試透過電話告訴那些手下安然所在的位置。然而前一秒還訊號良好的手機，這時接通後卻只有刺耳的耳鳴聲！

「易先生，現在怎麼辦？」

看著嚇得六神無主的手下，易國豐狠狠咬了咬牙，道：「先看看那個人會走到哪裡，我親自去堵他！」

如果可以，易國豐實在不想親自動手。他原本並不打算直接參與這些事情，把犯法的事都交給手下幹，自己只留在背後指揮就好。怎料這些人全都不堪重任，小小事情便嚇得快要尿出來似的，易國豐可不敢把事情再交給他們處理。

萬一眞的讓那青年逃脫了，易國豐眞不敢想像後果。洪爺看似很賞識他、對他很不錯，但這只僅限於他有能力、能夠爲對方帶來利益的前提下。

要是他沒用了，洪爺處理他們時也不會有絲毫慈悲。因此易國豐可不敢把這次的事情搞砸，去挑戰洪爺的底線。

看著在樓梯奔跑的青年身影，易國豐握著槍的手緊了緊，心想——你別怪我，既然不是你死，便是我亡，那只能請你下地獄了！

異眼房東の日常生活

第九章・林昱

安然尾隨王家恆的鬼魂，最終來到工廠頂層。

作爲鬼魂的王家恆，並沒有像故事裡的鬼魂般飄浮著移動，而是像個普通人一樣用雙腳走路。如果不是他的身體呈半透明狀態，皮膚露出死亡的灰白，身邊更圍繞著一股灰暗的黑氣，安然幾乎會把他誤認爲活人了。

神奇的是，明明王家恆看起來只是緩步而走，可是前進的速度卻一點兒也不慢，安然得小跑步才能緊跟在他身後。

來到工廠的頂層後，王家恆毫不猶豫走進一間文件室，並站在其中一個文件櫃前，回首看了尾隨著他的安然一眼，接著再度舉步往前走。

跟隨著王家恆來到文件室的安然，正好看到對方無視身前的文件櫃，整個人穿透櫃門的一幕。

看到王家恆的鬼魂消失無蹤，因奔跑而微微喘息的安然，便轉而打量身處的這間文件室。

這裡顯然已經很久沒有人進出了，基本上這間廢棄工廠裡，除了那間在夢境中用來爲王得全動手術的手術室外，其他地方全都保持著髒亂的模樣，沒人理會。

此刻安然身處的文件室也不例外，原本應該是純白色的牆壁與地板，全都因滿布著黑色的污痕與塵埃而幾乎看不出原貌。因爲空氣不流通，房內甚至還充斥著一股發霉的難聞氣味。

不知道是不是安然的錯覺，他總覺得這一層比其他樓層更加破舊，而且間隔與擺設看起來不像是工廠。

安然走到王家恆消失的文件櫃前，嘗試打開櫃門。文件櫃並沒有上鎖，可是鐵製大門卻因生鏽而變得難以打開。安然用盡全力，這才把鏽跡斑斑的櫃門打開了一條狹縫，勉強可以把手臂伸進去。

安然再嘗試了一會兒，發現文件櫃不知是否因爲過於破舊，還是裡面有東西卡著，他多用力也無法再把櫃門打開幾分。心裡還顧忌著敵人不知道什麼時候會追上來，安然便放棄了完全打開門的想法，從打開的狹縫中伸手進櫃內摸索起來。

安然摸到一些粗糙的硬物，從手感看來應該是檔案夾之類的東西，正想要把它拉出來察看時，某些冰冷的東西倏地抓住了他的手！

雖然看不見在文件櫃中抓住自己的到底是什麼，可是手臂傳來的觸感卻告訴著安然這是一隻冰冷的、人類的手！

「呀！」受到驚嚇的安然用力想要抽出手，然而他才剛使力，抓住他手臂的力量便立即消失。

安然本以爲要用很大的力氣才能掙脫那隻冰冷的手，想不到對方卻倏地放開他，結果立即讓他失去了重心，向後滑倒。

隨著突如其來的反作用力，自然反應之下，安然便想抓住一些東西來穩住身體，結果亂抓的手便抓住了櫃裡其中一疊文件。這份文件的厚度雖然不薄，但也無法穩住安然後跌的身體，最終他還是華麗麗地摔倒在地。

安然摔倒的同時，被他胡亂抓住的文件也被拋到空中，隨即更在半空飛散開來，散落在四周。

安然按住摔痛的屁股，把視線投向散落在房間四周的文件。心裡忿忿地猜測著剛剛抓住他手臂的手，是不是隱沒在文件櫃中的王家恆？

明明他是來幫對方伸冤的啊！不幫他就算了，還要嚇他！

心裡罵著王家恆不厚道，安然看著地面上的文件，回憶著剛剛文件櫃裡的手似乎是有意引導他抓出這疊文件，不禁開始懷疑這些東西是不是有什麼特別之處。

安然揉了揉摔痛的地方，認命地撿起散落的文件，卻見上面全是一張張病歷。

由於這些病歷全都用英文書寫，加上其中有很多醫學上的專有名詞，因此安然並不是看得太懂，只能看出大概意思。寫這些病歷的人應該是個精神科醫生，因為病歷中記載著這些病人都看見不同的幻覺，有著各種奇怪的幻聽。

安然記得陳清提及過，這間工廠是由療養院改建而成。那麼，這些便是在療養院翻新時保留下來的病歷？

雖然名稱上是療養院，不過看著這些病歷，安然已經猜到所謂的療養院也只是好聽而已，正確來說應該是一間精神病院。

心裡奇怪著即使工廠的前身是精神病院，但改建成工廠後，理論上應該不會把病歷保存下來才對呀……

安然一邊翻閱這些病歷，一邊思考為什麼王家恆要讓他看這些東西。然而當他翻至其中一份病歷，並看到上面的患者照片時，只覺得腦裡彷彿出現一道驚雷，轟得他只能呆立當場！

照片上是一名長相清秀的少年，少年看著鏡頭的眼神無神且沒有焦距，臉上沒有絲毫表情，讓人一看便感受到一股疏離與冷漠。彷彿這個已經完全封鎖心靈的孩子總是隔離在眾人之外，以旁觀者的身分看著發生在他身邊的一切事情。

最重要的一點，是這個少年長得與安然一模一樣！

安然立即想起在父親過世後，他整理父親遺物時，看到的那張被撕走一半的合照。

照片上的少年有著與安然一模一樣的長相，而由於相片的另一邊被撕走，以致看不到與少年合照的人到底是誰，只能勉強看到殘留在照片上的衣袖一角，以及手臂邊緣。

就在安然發現這張照片那天，他還看見照片裡的少年以鬼魂形態出現在他家裡！

從此以後，安然便莫名其妙地擁有了見鬼的能力。劉天華曾說過，這突如其來的能力涉及一段很重的因果，因此並不建議安然找術士封了陰陽眼……

安然一直很在意這個長相與自己非常相像、卻完全不認識的陌生少年，對方到底與他有著怎樣的關係呢。

而安然的直覺也告訴他，之所以突然有了令他困擾的能力，完全是因爲這個陌生的少年！

安然拿著病歷的雙手不由自主地顫抖起來，心裡因爲接近進一步眞相而興奮，卻又因此緊張不已。

到底這個人是誰？這次能夠找到答案嗎？

安然連忙把視線從少年的照片移至旁邊的私人資料上。

少年名叫林昱，十七歲，是名精神病患，聲稱自己看得見鬼魂，也能夠看到一些在遙遠地方發生的事情，甚至有部分預知能力。

看到林昱的病徵時，安然先是無法置信地露出訝異的神情，隨即再重看了一遍，確定自己沒有理解錯任何意思後，幾乎氣得要掀桌了！

這是哪門子的精神病啊？

雖然有些太深奧的英文詞彙及醫學用的專有名詞安然看不太懂，但在連猜帶矇間，安然還是了解了林昱的病徵。

姓名：林昱
年齡：17

說白了，林昱與安然一樣，也看得見鬼魂！

病歷中只提及林昱自稱看得見別人看不到的東西，被診斷成有嚴重幻覺。可是除了這一點，林昱再也沒有其他異常，也不具任何危險性。結果竟然被人視作神經病，困在療養院裡治療，他的家人也太狠了點吧？

即使能夠看到一些奇奇怪怪的東西，其實也不算是什麼大事情啊！最近不是很流行「身心靈」之類嗎？安然記得同事中有一個很沉迷於這方面的女生，還聲稱能夠與自己的守護天使溝通，甚至爲天使取了名字呢！

現在人好像不標新立異便對不起社會似的，想想這年頭的藝人，不說自己有陰陽眼，都不好意思出席靈異節目了呢。

像安然有了陰陽眼後，之所以隱瞞著沒有到處張揚，也只是爲了避免麻煩，但可從來沒有想過，這東西竟可與精神病連結上啊！

林昱竟然因爲這種小問題被人抓去關在精神病院，這也太誇張了吧!?

不過再看看對方的出生日期，安然卻又釋然了。

如果林昱現在還活著，應該也已經四十多歲了，而這少年入住精神病院則是三十多年前的事情。聽說在以前的年代，同性戀也被人認爲是精神病呢。這麼一想，擁有陰陽眼而被帶到精神病院，似乎也不是太難以想像的事情了。

只能慨嘆一句：思想封建守舊眞的害死人！

也許因爲林昱有著與安然非常相似的容貌，又或者因爲二人都有著見鬼的能力，讓安然總覺得自己與這個少年有著深深的關聯，不禁爲對方不幸的遭遇心疼惋惜不已。

安然把這份病歷對摺、小心翼翼地收好，他覺得這個名叫林昱的少年，也許正是解開他突然擁有陰陽眼能力的關鍵。難得獲得了線索，安然自然要珍而重之地帶走。

「不要動！」

就在安然想要再察看其他散落在地面的文件之際，一個清冷男聲從身後響起，直把安然嚇了一大跳！

是追兵嗎？還是又是鬼魂？

無論是哪一個都很糟糕啊！

自然反應下，安然便想要回頭看看身後到底是誰。然而對方似乎非常謹慎，安然才稍微一動，對方便立即喝斥：「不許動！先把雙手放在頭上，再慢慢轉過來。別耍小聰明，我手上有槍！」

是追兵啊……

安然突然很可悲地發現，他現在寧願遇上的是鬼魂……追兵什麼的太危險，他這個小市民完全感受到自己的死亡flag已經升起了，怎麼辦!?

安然依著對方的要求緩緩轉過身，他的動作一點兒也不敢快，甚至連呼吸都不由自主地放緩，就怕刺激到身後拿槍的人。

他不是沒有想過反抗，賭一下對方手裡是否眞的有槍。可是這間文件室卻沒有可以閃躲的位置，如果對方有槍，反抗無疑是找死的行爲。因此安然還是決定照對方的話去做，至少先轉過去看看身後到底是什麼情況再說。

當安然轉過身後，他忍不住爲先前沒有魯莽行動慶幸。身後人並沒有欺騙他，對方手裡是眞的有槍，槍口正明晃晃地對準著他。只要安然有任何不恰當的舉動，他相信對方一定會毫不猶豫地開槍，而他必定躲避不了迎面而來的子彈！

這個身穿西裝、髮型與裝束皆一絲不苟的男人，無論是與四周環境，還是與黑社會風格都格格不入。如果不是在這種情況下見面，安然只會覺得這是個安坐在辦公室、精明能幹的白領。

這個掌握著安然生死的男人，正是安然與陳清昨夜才剛調查過身家的易國豐！

只見易國豐露出志得意滿的笑容，這笑容看在安然眼裡，只覺得非常討厭，彷彿自己是隻被貓盯住的老鼠。

安然打量易國豐的同時，易國豐也注視著安然的一舉一動。眼前的青年雖然很聽話地把雙手放在頭上，表現出一副乖巧不反抗的態度，可是他仍然看出對方並不如外表看起來的無害，只是因爲被槍指著，這才暫時屈服。易國豐相信只要讓對方找到機會，這個伺機而動的青年一定會一改現在乖巧的模樣，進行反擊！

不過易國豐是不會給對方機會的，這裡都是他們的人，不說他手中的手槍正指著青年的要害，那兩個陪同他前來、正守在文件室門外的手下，在洪爺派來的人之中，是最能打的兩個亡命之徒。易國豐就不相信，只是個普通人的青年要怎樣逃出他的手掌心！

雖然不想浪費彈藥，不過眼前的人若有任何異動，易國豐並不介意賞他一顆子彈。反正這裡有著需要的一切器材，那些值錢的器官在人死亡時立即取出，也還是能賣錢的。

是的，易國豐正打著把用在王家恆身上的手段，同樣使在安然身上！

反正易國豐不可能讓闖入工廠的這些人活著離開，那既然他們無論如何都要死，他當然不會浪費他們的剩餘價值。

感受到易國豐一閃而逝的殺意，安然連忙保證：「我不會亂動的！你、你也別緊張，小心槍枝走火！」

見眼前青年緊張得話聲顫抖，偏偏還要叫自己不要緊張，易國豐只覺得很有喜感，揶揄道：「走火又有什麼關係呢？反正槍口對著的人又不是我。」

「@$#X%&－！－！」看對方一副小人得志的神情，安然忍不住在心裡罵了起來，不過他可不敢真的罵出口，只得敢怒不敢言地用眼神瞪了回去。

完全不把安然的怒意放在眼裡，易國豐手中的槍依然很謹慎地指著安然，並命令堵在門口的兩名手下，道：「你們進來把人綁起來。」

因爲文件室門口比較小，易國豐又正好堵在出入口，在男子身形的遮擋下，安然完全看不見門外狀況。聽到易國豐的命令後，他心頭一沉，本以爲找來文件室的只有易國豐一人，想不到外面竟還有兩名手下！

安然很清楚，要是眞的被他們綁起來，便等同於完全失去了反抗的機會。可是槍口一直指著自己的要害，而且還有兩名手下，現在反抗有勝算嗎？

可惜時間是不等人的，就在安然還在思考是該冒著生命危險反抗一下，還是識時務地乖乖合作、搖擺不定之際，門外傳來的腳步聲已顯示沒有時間讓他猶豫了。

安然目光炯炯地盯著易國豐，只要對方的視線稍微偏移，他便會立即反抗。可惜易國豐卻是動也不動地保持著隨時都能射擊的狀態，不給安然任何機會。

此時，門外腳步聲卻停頓下來，易國豐感到手下正站在自己身後，地板也因爲門外透入的些許光線，投映出一道高大的影子。

見安然睜大雙眼注視著自己身後、一副嚇呆了的模樣，易國豐冷冷一笑，向身後人說道：「你還呆站著做什麼？快點……」

易國豐才剛說了幾個字，握槍的手突然被人從後方猛地抬起，在槍口指向天空的同時，被一腳踢飛了！

眼見易國豐還囂張不到兩秒便被人ＫＯ，安然突然有種前一秒明明還上演懸疑驚悚劇，下一秒卻發現人家是在演喜劇的喜感。

然而他緊繃的心情卻一點兒也沒有因此放鬆，反而心驚膽戰地看著站在門外的高大身影……

這個光是站著，便把「酷帥狂霸拽」五字詮釋得淋漓盡致的人，不是林鋒還會是誰了？

看著林鋒怒氣沖沖地迎面走來，眼中的怒氣彷彿正醞釀著一場狂風雷暴。安然依舊保持著雙手抱頭的姿勢，臉上的神情堪比看見搶劫犯般驚悚……

高手饒命啊！

安然很想這樣高聲呼喊，可惜面臨的壓力太大了，一時間連話也說不出來……

直到林鋒站在他身前，安然在對方陰影下感受到前所未有的壓力，才總算找回自己的聲音：「鋒……鋒哥，原本守在門口的人呢？」

林鋒冷哼了聲：「幹掉了。」

安然瞠目結舌。

林鋒彷彿覺得安然還不夠震驚似的，補充了一句：「還有經過三樓時，順道把那裡拿著刀的人幹掉了，現在應該暫時安全。」

先不說林鋒幹掉守在文件室門外那些人時，竟然一點兒聲響也沒有，光是當初在三樓追捕安然的人數，可是絕對不少啊！而且那些人還都手握武器！

俗話說，雙拳難敵四手，鋒哥，你這麼輕鬆完全不科學啦！

想到在三樓時看到那些人手中有鐵枝啊、西瓜刀啊什麼的，安然不淡定了，連忙站起來繞著林鋒轉：「鋒哥，你沒有受傷吧？受了傷要說啊！千萬別忍著。對方人多勢眾，這又沒什麼不好意思的。」

在劉天華說漏了嘴、洩露安然行蹤的時候，林鋒已因爲安然隱瞞他、膽大包天地親自涉險一事感到生氣。尤其在到達工廠，看到那些拿著武器的人時，林鋒更爲安然的安危擔憂不已。

天知道他有多久沒像今天這樣失去冷靜、如此焦慮不安了？深怕自己慢了一步，找到的會是安然冰冷的屍體。

這一次林鋒是眞的生氣了，並且早已打定主意，一定要好好教訓安然這個不知天高地厚的小子！

然而看到安然滿臉擔憂地圍著自己團團轉，林鋒卻仍是忍不住地心軟了。

林鋒是個很護短的人，也一直非常照顧兄弟。林鋒早已把安然視爲林俊以外的另一個弟弟，對他有著對待一般人所沒有的寬容。再加上林鋒的責任感很重，對年紀比他輕、閱歷也比他淺，卻被他歸類爲「自家人」的安然，有著一種要好好照顧對方的使命感。

在得知安然的身世後，林鋒也隱約知道了上一輩的恩怨，可以說他對於安然的感覺是歉疚與憐惜的。何況這個新「弟弟」，比林俊那個小子省心多了，而且相較於從小有家族庇護的他們，在單親家庭成長的安然可吃了不少苦頭，因此林鋒便不由自主地對他更好了，有時候就連林俊也有點小吃醋。

感受到安然眞誠的擔憂，林鋒臉上神情雖然依然冷得嚇人，可是眼神中泛著的怒氣與冷意卻緩和了下來。

即使心裡已浮現原諒他的念頭，但林鋒還是決定表現得強硬一些來嚇嚇安然，省得他往後死在一些他們不知道的地方！

於是已有點心軟的林鋒，臉上絲毫不顯，一把抓著安然的衣領，單手便把人提了起來！

雖然安然的體量不算很重，但林鋒整個動作行雲流水，而且他還只用單手就把一個成年男子提起來，有沒有這麼容易呀？

安然都想為對方這強大又帥氣的動作鼓掌了——前提是，被對方單手提起的人不是自己……

異眼房東の日常生活

第十章・回家的感覺

雖然林鋒的表情很生氣，手上的動作看起來很粗魯，但其實他一直穩穩把手控制在安然的腳尖可以碰到地面的高度，並不會讓對方感到太難受。

安然可不知道這些，他被林鋒難得一見的怒氣嚇得不住發抖，這還是林鋒第一次對他動手，也是安然首次承受對方的怒氣。

超可怕的QAQ

林鋒怒吼：「你腦袋被驢踢了嗎？你以為自己是誰？警察嗎？超人嗎？救世主嗎!?」

安然：「……」

該說林鋒與林俊不愧是兄弟嗎？連罵他的話竟然都一模一樣！

已經完全不可怕了啦，快要忍不住笑出來了怎麼辦？

如果現在忍不住笑場，鋒哥會不會把他的頭擰下來？

林鋒等了一會兒，沒聽到安然的回覆，見對方已被他嚇得扭曲了一張臉（忍笑忍出來的），滿意於自身威嚇力的同時，也順勢要求安然定下承諾，斷絕再有類似事件的發生。畢竟根據林鋒的觀察，安然性格老實。只要是他允諾過的事，便會盡

力遵守。「如果以後再有這種事情，你會怎麼辦？說！」

被林鋒的質問拉回注意力，看對方依舊很生氣的模樣，安然立即打斷腦海裡亂七八糟的思緒，戰戰兢兢地試探著詢問：「立即告訴你們？」

說罷，安然還很緊張，深怕自己答錯了會被揍！

幸好安然的回答顯然是正確答案，只見林鋒滿意地點點頭，便鬆開了手，總算讓安然能夠腳踏實地了。

從進入工廠大門那刻起，安然便遇上接二連三的事件。被槍擊、突然轉移至工廠內、被追捕、跟隨王家恆的腳步來到文件室、被易國豐持槍威嚇……所有事情接踵而來，令安然應接不暇，甚至沒有時間繼續嘗試與外界聯絡。

現在既然安全了，安然連忙拿出手機想打電話給白樺。然而安然這動作，卻因林鋒接下來的話而停下。

「我剛剛聯絡了白樺，他正帶人趕來。我們到大門等他吧。」

聽到林鋒的話，安然立即想起駕車逃命的陳清二人：「鋒哥，你知不知道清姊他們……」

林鋒聞言，立即想起與白樺通話時，對方在電話中提及的那兩個用手榴彈把山路轟出一個大洞的惹禍精，再想到白樺還忝不知恥地要求他動用林家勢力爲他們掩護時，林鋒的臉色忍不住再次變黑起來：「他們沒事。」

雖然安然很好奇陳清他們到底做了什麼，讓林鋒一提到他們便立即黑了臉。但聽到兩人沒事，安然還是鬆了口氣，露出高興的表情。

隨即安然立即想到要好好利用眼前這個新來的勞動力。如果是林鋒，應該能輕鬆辦到吧？

「鋒哥，你可以幫我打開這道門嗎？」安然指了指那扇布滿鐵鏽、他用盡全力也只能打開一條狹縫的文件櫃。

雖然不知道安然這麼做的用意，但林鋒仍打開了櫃門。安然看著剛剛自己費了九牛二虎之力也無法打開的門，就這樣被林鋒輕輕鬆鬆地打開了……

他在心裡安慰自己是正常人、林鋒是超人，千萬不要與對方的蠻力進行比較，不然只會氣死自己而已。

安然喜孜孜地察看著文件櫃的資料，可惜裡面都是一些財務報告，以及一些陌生人的病歷，再也找不到其他有用的資訊。

值得一提的是，這間療養院也有收一些身體不好、眞的需要清靜環境療養的病人，似乎並不是安然一開始所以爲的單純的精神病院。

至於那些精神方面有異的人，都是些聲稱能見鬼，又或者能看見奇怪東西的人，這讓安然有種異樣感，就好像這間療養院故意接收一些有陰陽眼能力的人……

「安然？」

聽到林鋒的叫喚，安然放下手中病歷，搖頭說道：「沒什麼，只是剛剛在這些病歷中發現一些對我來說很重要的東西……我們到廠門前等白警官他們吧？」

見安然不想多說，林鋒點點頭，二人便離開這間破舊的文件室。

滿心懷著劫後餘生的喜悅，安然前進的步伐不禁輕快起來，卻沒有發現在步出房間時，被他隨手放在衣袋裡的病歷隨著他的動作滑了出來。

跟在安然身後的林鋒，彎腰撿起掉落在地的病歷時，本想把它交還給安然。然而青年在看到病歷上的照片時，卻露出驚訝的神色，隨即更改變了主意，將病歷默默收了起來……

不久，警方人馬便浩浩蕩蕩地前來工廠。從人數可以看出大陸警方對這次事件的重視。

白樺並沒有在這隊人馬中，反倒是他的部下顧東明跟著這些人來了。顧東明一看見安然，毫不意外地衝上前把人臭罵了一頓。安然知道他們這次的行動確實太輕率了，因此面對另一頓臭罵，也只能捏著鼻子認了。

而林鋒則認爲安然理應受些教訓，因此完全沒有插手，任由顧東明把人罵得狗血淋頭。

雖然對安然這個惹禍精很不爽，不過看在對方態度良好的份上，顧東明最終還是冷哼了聲，勉強接受了安然的道歉。

據顧東明那滔滔不絕的怒罵中透露，警方原本已順著王得全這條線索，查出那個販賣器官的犯罪組織，是由一個被道上稱爲「洪爺」的男人所掌控。

原本經過多方部署，警方已快要收網，偏偏安然他們卻打草驚蛇。爲免讓那個組織的高層跑掉，只得緊急加派不少警力過去，爭取時間把人抓捕回來。而白樺之所以沒有過來工廠這兒，則是因爲他正與那邊的突擊部隊一起執行行動。

所以說，易國豐拚命想要將功贖罪時，其實他一直想要追隨的洪爺已自身難保，想想還眞可悲。

雖然看不見白樺有點小失望，但在這次的人群中，卻出現了兩個令安然喜出望外的熟人——昆西與陳清！

雖然安然早已從林鋒口中得知二人安然無恙，但眞正看到他們確實毫髮無傷時，安然還是鬆了口氣，心裡萬分歡喜。

安然很快便察覺到昆西宣示主權似的，一直把手放在陳清腰間。如果是平時，陳清應該已一巴掌招呼過去，可現在對方卻任由昆西做著這種親暱的動作，沒有表現出絲毫抗拒……安然看了看昆西，再看了看陳清：「清姊，你們……」

陳清還沒說什麼，昆西已得意洋洋地宣布：「我與清清在一起了！」

安然聞言不禁目瞪口呆。猶記得不久前他才腹誹昆西那種混亂的交友關係，再怎麼努力追求也無法讓陳清心動，想不到過不了多久，昆西便抱得美人歸了。

這到底是什麼效率!?

聽到昆西的話，陳清仰起臉，更正道：「你現在還只是在試用期內，還不算正式戀人。」

昆西聞言，握上了陳清的手，在她手背輕輕一吻：「我會爭取獲得妳的認同，我的女王陛下。」

眼前情景太閃，安然已睜不開眼，這世界完全不給單身的人一條活路啊！

隨即安然發現在昆西二人現身時，一旁的林鋒一直沒有說話，默默地盯著昆西看。

安然突然想起，林鋒也與自己一樣，身處「單身狗」的行列啊！

難道林鋒也被曬恩愛的兩人閃得想找墨鏡了嗎？

昆西顯然也察覺到林鋒的視線，應該說，在他剛下車時，第一眼注意到的便是這個人。只因這個高大英俊的青年，給他非常危險的感覺。

要知道能讓昆西感到危險的人不能說沒有，但絕對是鳳毛麟角。他已經很久沒有從陌生人身上，感覺到這種令他毛髮直豎的危險氣息了。

「你好，你應該便是先前我打電話給木美人求救時，他在電話裡提到會過來找我們的林鋒吧？」昆西主動打破沉默，痞痞地向林鋒伸出手。

安然怕林鋒聽不明白「木美人」是誰，便在旁解釋：「昆西大哥是白警官的朋友。」

林鋒點點頭。雖然昆西看起來痞氣十足，但林鋒面對他時沒有絲毫鬆懈。與昆西一樣，高手總能感受到同類的氣息。林鋒看得出昆西是個不簡單的男人，同時也會是個好對手。

要不是地點與時間不對，他都想邀對方好好交手一番了。

林鋒伸出手與昆西輕輕一握，道：「我知道你，你就是那個用手榴彈把山路炸出一個大坑的人。」

陳清聞言，不由得露出心虛的表情，心想其實那條山路是我炸壞的……

昆西毫不猶豫地笑著把陳清做的事包攬過來：「原來你也知道啊……幸好木美人在大陸有些門路，不然沒準備之下弄出這種聲勢，一時間我也很難收拾。不過這次木美人也快被我們氣死了，要是你看見他，記得爲我美言幾句啊……」

安然好想告訴昆西，林鋒與白樺二人的關係並不是他以爲的那麼融洽……如果林鋒眞的爲你美言幾句，只怕你會死得更慘啊！

林鋒則是挑了挑眉。看起來昆西似乎還不知道這次白樺分身不暇，所以是動用了林家的力量爲昆西善後的。

安然見林鋒聽過昆西的話後，臉上表情變得很古怪，誤以爲昆西這個讚賞白樺的舉動，惹得與白樺不對盤的林鋒不快了。

經過多次接觸，安然對白樺的觀感其實很不錯。他覺得白樺是個可以結交的朋友，再想到白樺多次對他的幫助，不由得也想改善一下白樺在林鋒心目中的形象：「白警官是個很好的人。」

走在最前方的顧東明聞言，腳步踉蹌了一下。

頭兒，你竟然被發好人卡了！好驚悚……

當警方押著被林鋒撂倒的易國豐等人出來時，安然才想起自己還拿著也許能成爲重要證據的王家恆的手機，連忙把手伸進口袋，想要把手機交給顧東明等人。

然而在他這麼做的時候，才赫然發現那份被他收起來的病歷表竟然不見了！

安然立即慌了，在這次事件中，他所獲得的最大收穫，並不是舉發了王得全等人，或是還了焦炭君恩情，而是在焦炭君的帶領下，找到了這份病歷！劉天華與唐銘不止一次向他提到「因果」，而這也正是他們不建議安然封眼的原因。

如果焦炭君曾經救過安然是「因」，那他為了報恩，最後在這間工廠中獲得了那個在照片中出現的少年林昱的資料，是不是就是他應該獲得的「果」？

那份病歷也許正是他能夠解除這該死的陰陽眼的線索啊！

可是現在病歷還沒拿熱，就不小心弄丟了，這讓安然怎能不急呢!?

安然立即找到顧東明，向他表明想要進入工廠取回一些東西。在顧東明追問下，個性老實的安然不小心說溜嘴，最終只得乖乖坦誠他要取的東西並不是私人財物，而是在頂樓文件室遺下的一份病歷。

顧東明聞言，嚴正地拒絕了安然的請求，畢竟這次案件涉及多條人命，上頭非常重視。而且大陸又不是他們的主場，再加上現場有多雙眼睛盯著，他怎能讓安然在眾目睽睽下帶走物證呢？自然是想也不用想便拒絕了。

不過看到安然失望沮喪的樣子後，顧東明也覺得這麼直白地拒絕好像有點不近人情，便承諾當他們調查到與那間療養院的相關消息時，會爲他提供一份資料。

安然想到那間療養院已改建成工廠多年，在網上未必能找到它的資料，難得顧東明願意幫忙，他因不見了病歷的憂鬱立即減輕不少。

把王家恆的手機交給顧東明後，接下來便是警方的事情了。安然他們也可以功成身退，只希望在眞相大白後，那些葬身在這間工廠的死者能夠安息。

這一次陳清不光順利獲得了案件的第一手資料，還因爲她是其中一名被犯罪組織追殺的受害者，以第一人稱接受專訪，塑造出一個勇於闖進最前線、不畏死亡的女強人形象。不但在網上意外獲得強大人氣，也因而獲得上司的賞識，回香港後升職加薪絕對少不了。

至於陳清的同事趙天宇則沒有這種好運氣了。易國豐原本打算用對付王家恆的方式來榨取對方的剩餘價值，然而當安然被人堵在三樓的同時，趙天宇成功掙脫了束縛，可惜在嘗試從窗戶逃跑時不愼失足。當林鋒來到工廠時，倒臥在水泥地上的趙天宇已經斷氣。

對於趙天宇的死亡，林鋒並沒有瞞著安然，甚至還特意帶他去看對方摔死時那絕對稱不上漂亮的屍體。他覺得安然這小子就是欠管教、不知道天高地厚。看到趙天宇的下場後，在做什麼危險事情前，也應該會先停一停、想一想了吧？

雖然自從有了見鬼的能力後，因爲不時會看到一些「破破爛爛」的鬼魂，令安然對血腥驚嚇的抵抗力大大增強。可是看見摔死在工廠水泥地上的屍體時，他還是瞄了一眼便立即移開視線，不忍繼續看下去。

至於陳清得知趙天宇的死訊時，心情非常複雜。雖然對方的人品不怎麼樣，這次約陳清等人前來也是不安好心。但二人畢竟是共事多年的同事，看到認識的人死亡，陳清實在難以無動於衷。

見陳清難過，依舊在「試用期」的昆西立即表現出自己的體貼，伸出手臂默默擁著陳清，沒有說話。戀人的擁抱很溫暖，讓陳清的心情逐漸平復下來。

王家恆的手機經過充電後，在通訊錄中找到了強子的電話。這個叫強子的青年是王家恆爲數不多的大陸朋友，事發當天，他把電話調成靜音模式，因此沒有接聽到王家恆的求救電話。再加上他沒有複查留言信箱的習慣，看到未接來電時大多也是等對方再打電話過來，因此那段錄音至今一直沒有被人發現。

強子的留言信箱裡，果然留有那兩人對話的清楚錄音，這段錄音成爲指證王得全有力的證據。正所謂虎毒不食子，王得全爲了活命而強行移植兒子心臟一事，令社會譁然。雖然他仍在接受審訊，不知結果如果，但是樹倒猢猻散，他的親友卻已急著與他劃清界線，眾叛親離已是絕對的下場，更何況還有法律的制裁等待著他呢！

除了洪爺仍然在逃，犯罪組織的一眾骨幹也已經落網。據白樺透露，除了這個組織的人以外，他們還順藤摸瓜地牽扯出一些其他勢力，甚至還有官員因而伏法，事情鬧得很大。

對於事件的後續發展，安然並沒有太在意，他眞的算不上爲民除害的英雄，來這裡的最大目的，也只是爲了那個在夢中受到無盡痛苦的青年，僅此而已。

王家恆的痛苦讓安然感同身受、無法漠視。至於案件的後續，安然就沒有花費精力繼續關注的意思了。

後來顧東明告訴安然，他曾特意翻看那些病歷，卻沒有看到林昱的檔案。安然也想不起自己在什麼地方弄丟資料的，最後只得作罷。

□

因爲死了一名同事，陳清的公司派了專員陪同死者家屬到廣州認屍。而身爲事件的當事人，陳清也得留下來與公司人員交接。任務完成後變得清閒的昆西，自然選擇相陪在側。

另外，白樺與顧東明也有很多後續事情要處理，同樣選擇留了下來。

結果本來一起前往廣州的四人，最後只有安然回港。要不是有林鋒結伴，安然便要獨自一人回去了。

當安然從羅湖過關、再次踏入香港時，他突然生出一種恍如隔世的感覺。雖然到廣州的時間不長，可發生的事情實在太多了。

他多次與死神擦身而過，現在回憶起來，就好像作了一場噩夢。

風塵僕僕回到屋苑的二人，剛打開門便看見一直等待著安然與林鋒歸來的林俊，抱著妙妙迎了上來。

理所當然地，一頓臭罵自然跑不掉。

這個曾經空蕩蕩的家，在安然未察覺的時候逐漸變得熱鬧起來。雖然被林俊罵得頭也抬不起來，不過安然從沒有像現在這麼覺得，原來回家時有人守候著、被人如此擔憂關懷，是這麼讓人高興的一件事。

安然想不到會有一天，光是遠遠看到屋子裡亮起的燈光，就已經從心底感覺到溫暖，讓人想加快回家的步伐，迫不及待地想要回去。

那是令人內心不由自主雀躍不已的、回家的感覺。

《異眼房東的日常生活04》完

後記

大家好！感謝各位購買這本《異眼房東的日常生活04》！

不知不覺已到了秋天，帶著涼意的天氣令人感到很舒服。今年夏天眞的很熱呢！而且炎熱的時間也比往年提前了，是因爲全球暖化的原因嗎？

近幾年，看到不少因爲全球暖化而出現的生態災難，有不少動物因爲氣候變化在生存上受到了嚴峻的考驗，甚至某些物種還面臨滅絕的危機。

經常在新聞看到餓得瘦骨嶙峋的北極熊照片，一些海洋生物也因爲海水變暖而被迫離開一直生活著的區域……感覺「環保」這個議題已經刻不容緩了。

雖然我們這些小市民能夠幫助的不多，但還是能夠在生活上的許多小地方多加注意，少開空調、善用環保紙、少用塑膠袋……大家一起爲環保出一分力吧！

最近愛上了攝影。如果大家有關注我的臉書，應該知道我本身就是個很喜歡拍照的人，尤其是爲家裡的寵物拍照留念。

這次學習攝影，主要也是因爲想把寶貝們的生活更好地記錄下來。寵物的壽命往往比人類短暫，因此我要抓緊時間爲牠們多拍一些美美的照片呢！

上星期在朋友的陪同下，買了人生的第一部單反（單眼），準備在10月份到東埔寨旅行時使用。雖然單反連同鏡頭的重量對我來說實在有點重，可是既然買了相機，至少總要帶著去一次旅行才甘心。

要是能夠拍下美麗的照片，我會在臉書專頁與大家分享的！敬請期待XD

□

接下來談一下第四集的劇情，不想被劇透的朋友們請先行看內文囉！

故事來到第四集，出現了第一對笨蛋情侶——昆西與陳清。

像陳清這種很有主見的女強人，她的伴侶要不是溫柔體貼、能夠遷就她的人，便是骨子裡比她更強勢、讓她能安心依靠的男人。而昆西，很明顯便是後者了。

女記者與傭兵的情侶組合，感覺上陳清在將來往戰地記者這方面發展也不錯啊！反正有戰鬥力高強的男友來罩著她嘛XD

另外，在這一集中，那位外表與安然相像、在故事一開始便曇花一現的少年，他的名字終於露出了！

林昱。

看到這個姓氏，大家有沒有想到什麼？

這個少年會是所有事情的關鍵，他的出現，意味著一些被掩蓋著的眞相將會被陸續披露。

敬請大家期待故事的發展～

□

最近發生了一件可喜可賀的事情，便是我的臉書專頁「香草遊樂園」的按讚人數終於突破一萬了！

非常感謝大家的支持！為了答謝大家，因此我特意舉辦了一個活動，截止日期至10月15日。

有興趣的各位，歡迎到我的臉書專頁參加喔！

香草

異眼房東の日常生活

【下集預告】

聖誕派對怪事一卡車，
王家千金欣宜竟然鬼上身！
一把舊紙傘、一道紫紅旗袍身影，
隱藏著什麼淒美的往事？

被鬼魂鬧得焦頭爛額的同時，
林家長輩突然邀請安然到林家作客！
這……又會是怎樣的一場會面？

第五集．〈聖誕驚魂〉敬請期待～

國家圖書館出版品預行編目資料

異眼房東的日常生活／香草 著.——初版.——台北市：魔豆文化出版：蓋亞文化發行，2015.10
冊；公分.
ISBN 978-986-5987-74-9（第4冊；平裝）

857.7 104005175

fresh FS093

異眼房東の日常生活 04 死亡凶夢

作者／香草
插畫／水梨　封面設計／克里斯
出版社／魔豆文化有限公司
地址◎ 台北市103赤峰街41巷7號1樓
電話◎（02）25585438　傳真◎（02）25585439
部落格◎ gaeabooks.pixnet.net/blog
臉書◎ www.facebook.com/Gaeabooks
電子信箱◎ gaea@gaeabooks.com.tw
投稿信箱◎ editor@gaeabooks.com.tw
郵撥帳號◎ 19769541　戶名：蓋亞文化有限公司
發行／蓋亞文化有限公司
法律顧問／義正國際法律事務所
總經銷／聯合發行股份有限公司
地址◎ 新北市新店區寶橋路二三五巷六弄六號二樓
電話◎（02）29178022　傳真◎（02）29156275
港澳地區／一代匯集
地址◎ 九龍旺角塘尾道64號龍駒企業大廈10樓B&D室
電話◎（852）2783-8102　傳真◎（852）2396-0050
初版一刷／2015年10月
定價／新台幣 180 元
Printed in Taiwan

ISBN／978-986-5987-74-9

FS093

異眼房東の日常生活

04死亡凶夢

魔豆文化　讀者迴響

感謝您在茫茫書海中選擇了魔豆，您的支持是我們最大的動力。
不要缺席喔，讓我們一起乘著夢想的羽翼，穿越時空遨遊天地！

姓名：　　　　性別：□男□女　　出生日期：　年　月　日
聯絡電話：　　　　手機：
學歷：□小學□國中□高中□大學□研究所　　職業：
E-mail：　　　　（請正確填寫）
通訊地址：□□□
本書購自：　　縣市　　書店　□網路書店
何處得知本書消息：□逛書店 □親友推薦 □DM廣告 □網路 □雜誌報導
是否購買過魔豆其他書籍：□是，書名：　　□否，首次購買
購買本書的動機是：□封面很吸引人□書名取得很讚□喜歡作者□價格便宜□其他
是否參加過魔豆所舉辦的活動： □有，參加過　　場　□無，因爲
喜歡出版社製作什麼樣的贈品： □書卡□文具用品□衣服□作者簽名□海報□無所謂□其他：
您對本書的意見： ◎內容／□滿意□尚可□待改進　◎編輯／□滿意□尚可□待改進 ◎封面設計／□滿意□尚可□待改進　◎定價／□滿意□尚可□待改進
推薦好友，讓他們一起分享出版訊息，享有購書優惠 1.姓名：　　e-mail： 2.姓名：　　e-mail：
其他建議：

廣告回信 郵資免付
台北郵局登記證
台北廣字第675號

魔豆文化有限公司　收
103 台北市赤峰街41巷7號1樓

魔豆